T0278031

Will Gmehling

PISCINA

UN VERANO AL AIRE LIBRE

Vegueta Juvenil

© Peter von Felbert

WILL GMEHLING

Will Gmehling nació en 1957. Tiene dos hijos: Rahel y Milan. Durante muchos años pintó cuadros para adultos, hasta que se le ocurrió la idea de escribir libros para niños.

Vive con su hijo junto al agua, en el centro de Bremen. En esta antigua ciudad, siempre bien ventilada por el viento del mar, se inventa historias. Las mejores ideas le surgen cuando está en la piscina. Estas historias, acompañadas de ilustraciones, se convierten en libros que ya han sido traducidos a muchos idiomas.

En otoño de 2020 recibió el Premio Alemán de Literatura Juvenil por *Piscina*, traducida por primera vez al castellano y al catalán por Vegueta en 2022.

Vegueta Juvenil

Título original: *Freibad. Ein ganzer Sommer unter dem Himmel*

Roger de Llúria, 82, principal 1ª
08009 Barcelona
www.veguetaediciones.com

Colección dirigida por **Eva Moll de Alba**

Traducción del alemán: **José Aníbal Campos**
Diseño de la colección: **Sònia Estévez**
Ilustración de la cubierta: **Diego Becas**
Fotografía de Will Gmehling: **Peter von Felbert**

Primera edición: julio de 2022
ISBN: 978-84-17137-74-8
Depósito Legal: B 7331-2022

Impreso y encuadernado en España

Los derechos de este libro se negociaron a través de
Agentur Martina Nommel, Hamburg & mundt agency, Düsseldorf

Will Gmehling

PISCINA

UN VERANO AL AIRE LIBRE

Traducción del alemán de
José Aníbal Campos

Vegueta Juvenil

UN VERANO AL AIRE LIBRE

1

Estábamos en la piscina cubierta, en la zona para principiantes: Katinka, Robbie y yo. Robbie quería aprender a nadar bien, y nosotros tratábamos de enseñarle. No paraba de tragar agua y toser. Katinka le dio unas palmadas en la espalda, y eso le alivió. Y, sin embargo, Robbie no desistía. Le explicamos cómo mover las piernas, pero él no hacía más que lanzar pataditas hacia atrás, como un perro enfermo. A pesar de que tenía un flotador con forma de caballito de mar, le daba miedo quedarse solo en el agua.

Junto a la piscina había unas tumbonas para echarse a descansar. En una de ellas, una mujer con un niño hojeaba una revista. El pequeño solo llevaba unos pañales, nada más. Es probable que se aburriera. En todo caso, empezó a lloriquear. Pero la mujer siguió mirando su revista.

De pronto, su móvil sonó y se puso a parlotear en voz tan alta que todos podían oír lo que decía. Aunque al principio reía a carcajadas, enseguida se la vio alterada. Entonces el bebé se bajó de la tumbona y avanzó, tambaleante, en dirección a la piscina. La mujer increpaba al teléfono: «¡Tú tienes algo con esa estúpida de Mona, no me tomes por tonta!».

Estaba tan furiosa que había dejado de prestar atención a todo lo demás. Ni siquiera se enteró de que su pequeño avanzaba hacia la piscina. Nosotros, pensando que de algún modo sabría lo que estaba haciendo, seguimos ocupándonos de Robbie.

En ese instante oímos un «¡plaff!» y algo nos salpicó. Al girarnos, vimos al niño en la piscina, pataleando y agitando las manos de manera muy parecida a Robbie, pero tragando más agua y mirándonos de una forma muy extraña. Volvimos la vista hacia donde estaba su madre, que se había apartado y gesticulaba, teléfono en mano, como una loca, ajena a todo. El socorrista era un absoluto inútil: permanecía sentado en su cabina acristalada, con los ojos fijos en el ordenador.

Katinka y yo, sin apenas titubear, nadamos hasta el borde de la piscina, donde, entretanto, el bebé se había hundido. Solo se veía su pelo flotando en la superficie. Me sumergí, lo agarré por los brazos y lo saqué. Fue todo muy fácil. Incluso con la cabeza fuera del agua, el pequeño no se movía, y lo único que deseábamos en ese momento era que no estuviera muerto. Hasta que de pronto soltó un grito y se puso rojo.

Solo entonces la mujer se percató de que su hijo había desaparecido. Le hicimos señas para indicarle que estaba con nosotros. La mujer gritó. Dejó caer el móvil al suelo, corrió hacia la piscina y, tras taparse la nariz,

saltó al agua. Luego me arrancó al niño de los brazos y rompió a llorar. A continuación, nos cubrió de insultos. Que aquello era muy fuerte, muy fuerte, protestaba.
Al fin acudió también el socorrista, que llegó a la carrera, y nosotros le contamos lo que había sucedido. El hombre llamó a una ambulancia, pues si el pequeño había tragado demasiada agua podría sufrir daños cerebrales. Por suerte la cosa no pasó de ahí. La mujer, más calmada, nos dio las gracias mil veces, y hasta apareció alguien de un periódico para hacernos unas fotos a nosotros y al bebé de los pañales.
De repente éramos famosos, y en la escuela todos nos miraban con orgullo, a pesar de que, por lo general, no le caíamos bien a nadie.
Unos días después vino el jefe del complejo de piscinas, nos estrechó la mano a todos y nos llenó de alabanzas. En realidad, para entonces nosotros ya creíamos que aquello pasaba de castaño oscuro.
—Y ahora voy a daros una gran noticia —dijo el jefe de las piscinas—. Queremos haceros entrega de estas entradas libres.
No entendimos.
—Podréis entrar todo el verano gratis a la piscina al aire libre. ¡Cada vez que queráis!
Nosotros, claro, estuvimos de acuerdo.
Estábamos a finales de abril, la piscina se abría el 15 de mayo.

2

Decían que éramos unos héroes. Pero no lo éramos. Solo habíamos estado cerca de pura casualidad.
Te he contado esto para que entiendas por qué a partir de entonces pasamos todos los días en la piscina. Todos y cada uno de los días de ese verano. Del 15 de mayo al 15 de septiembre. Más de cien días. Incluso cuando llovía. De lo contrario no habríamos tenido esa posibilidad. Quiero decir, nuestros padres no la tendrían. En casa nunca había dinero suficiente para irse de vacaciones a ninguna parte. Y Robbie debía aprender a nadar de una vez.

3

El nombre verdadero de Robbie es Robert. Yo me llamo Alfred, pero todos me llaman Alf, cosa que me molestó durante mucho tiempo. Ahora ya no. Ahora incluso me parece bien.
Katinka sí se llama Katinka, sin más.
Somos los Bukowski, del bloque de edificios que se alza detrás de las vías del tren. Yo tengo diez años; Katinka, ocho; y Robbie, siete. Mamá trabaja en la panadería de la estación del tren. Papá es taxista.
Vivimos en la calle Georg Elser. El piso solo tiene cinco estancias: el salón, el dormitorio de nuestros padres y nuestra habitación. Además de una cocina y un cuarto de baño.
Pero ¿quién necesita un balcón cuando uno puede pasar el verano entero en la piscina, siempre al aire libre?
Hay allí hasta un trampolín de diez metros.

Y, en el quiosco que está junto a la cancha de voleibol, puedes hacerte con todo lo que necesites. Bueno, si tienes dinero.
Así es nuestra piscina.
Un sitio del que puedes salir para asistir al entrenamiento de un equipo de la Bundesliga, porque está pegada al campo de entrenamiento.
Un sitio en el que piensas: «¡Qué verano! ¡Que no se acabe nunca!».

4

El 15 de mayo ya hacía una buena temperatura. Apenas terminamos las clases, fuimos a recoger a Robbie a la guardería. Cuando llegamos, estaba sentado en un rincón, furioso. Otro niño le había quitado su coche preferido, un chico más fuerte que él. Katinka quiso abalanzarse de inmediato sobre el chico, pero a mí no me pareció oportuno. No en ese momento. A fin de cuentas, queríamos ir a la piscina. De manera que Katinka se limitó a hacerle un corte de mangas al abusón, que sonrió con ironía. Tenía ocho años, y mi hermana no le daba miedo.
No teníamos dinero para el autobús, de modo que hicimos todo el trayecto a pie. Nos tocaba acostumbrarnos a hacerlo así, pues tampoco al día siguiente podríamos pagar el transporte. Ni al otro.
Cruzamos el río y pasamos por ese barrio que tiene muchos bares. La gente, sentada fuera, bebía todo tipo de cosas. Al pasar por delante de un café, Robbie señaló a un hombre que tenía una botella de limonada.

—Yo también quiero una —dijo.
—No es posible —respondí—. Demasiado cara.
Mamá nos había dado tres euros, y eso debía alcanzar para los tres.
Robbie hizo una mueca, con cara de enfado, pero seguimos adelante.
Nos cruzamos con gente que comía tarta o tomaba helado, y yo me propuse no volver más por aquel camino que cruzaba aquel barrio. No con tan poco dinero en el bolsillo. Y mucho menos con Robbie de la mano.
Cruzamos entonces una avenida ancha, y desde allí vimos el estadio. Detrás estaba la piscina.
Robbie se soltó y echó a correr. Katinka lo siguió. Yo reí.

5

En la taquilla mostramos nuestras entradas. La mujer de la caja registradora nos miró con recelo y le preguntó a un colega. Luego hicieron una llamada, probablemente al jefe de la piscina.
Todo en orden, podíamos pasar.
Habíamos estado allí algunas veces con nuestros padres. Cuando uno entra, lo primero que se encuentra es un césped enorme, detrás del cual están las piscinas: una para los pequeños y, al lado, la de los principiantes, con su tobogán. Junto a esta última hay otra que tiene un trampolín, y después la de cincuenta metros.
Era un día soleado, así que pensé que habría mucha gente. Pero no. Pronto entendí por qué.

Buscamos un lugar para nuestras toallas, nos pusimos los bañadores, fuimos hasta la piscina del tobogán y nos tiramos de golpe. Estaba helada.
El agua de la cubierta está siempre a una temperatura agradable, sobre todo en la zona de principiantes. La de aquella, en cambio, no. Era como si alguien hubiese vertido allí diez toneladas de cubitos de hielo como mínimo. Katinka se apresuró a salir, y yo hice lo mismo. En cambio, Robbie se quedó dentro, tan contento. Sin perderlo de vista ni un minuto, nos dimos cuenta de que el frío no lo importunaba en absoluto, saltaba de un lado a otro, feliz.
El socorrista se acercó y se plantó delante de nosotros. Tenía una barriga descomunal, como si se hubiese tragado una pelota enorme. Un bigote inmenso le daba el aspecto de una morsa. Solo le faltaban los colmillos.
—El agua está helada como la de una nevera —le dijo Katinka—. Qué mal, ¿no?
—Id a quejaros al ayuntamiento —respondió él—. Han dejado de caldear las piscinas.
—¿Por qué motivo? —preguntó mi hermana.
—Medidas de ahorro —gruñó el hombre—. Vosotros sois los de las entradas gratuitas, ¿verdad? Mi colega del complejo de piscinas me ha informado. ¿Dónde están vuestros padres?
—En el trabajo.
—Bueno, cuidad del pequeño. Quiero que uno de vosotros le acompañe siempre en la piscina para principiantes, ¿entendido? No os quitaré el ojo de encima.

—Por supuesto —dije—. Yo gané ya una medalla de plata; y mi hermana, de bronce.
Esto último no pareció impresionarlo. Adoptó una pose de tipo duro y miró hacia otra parte. Finalmente, se fue a tomar café con sus compañeros y nos dejó tranquilos.
Robbie nos hizo señas para que nos metiéramos. Parecía el niño más feliz del mundo chapoteando en aquella piscina enorme, pero también estaba muy solo. Trataba de salpicarnos y gritaba nuestros nombres.
—De acuerdo —accedió Katinka—. Vamos allá.

6

Cuando llevas un tiempo en el agua fría, te acabas acostumbrando. Lo principal es mantenerse en constante movimiento. Enseguida ni siquiera notarás la temperatura. Nos entretuvimos con todos los juegos imaginables; por ejemplo, «el tiburón». Nadábamos en círculos alrededor de Robbie, lo agarrábamos y le dábamos pequeños mordiscos. A él le encantaba.
No es cierto que nuestro hermano pequeño tenga alguna discapacidad ni que sea retrasado. Solo es un chico distinto. Sus dibujos parecen los de un bebé, o los de un alien. Son meros garabatos de colores. Tampoco habla demasiado, prefiere señalar las cosas con el dedo. Mamá y papá lo han llevado a un médico. Varias veces. Pero el doctor asegura que todo está bien.
Es verdad que Robbie se enfurece con mucha facilidad, o se echa a llorar de repente, simplemente porque alguien ha pisado una hormiga o le ha derramado el Cola Cao.

Así es él: Robbie Bukowski.

En algún momento nuestra piel empezó a amoratarse y tuvimos que salir a toda prisa de la piscina, pero Robbie no quería, de modo que tuvimos que sacarlo a rastras. Como no tiene demasiada fuerza, no pudo oponer resistencia.

Nos secamos y, apenas nos tumbamos en las toallas, nos dimos cuenta de que teníamos hambre y no habíamos llevado nada de comer.

—Unas patatas fritas nos vendrían muy bien... —dijo Katinka.

—¡Ñam, ñam! —exclamó Robbie—. ¡Qué ricas!

En el kiosco vendían. Una ración pequeña costaba un euro con cincuenta. Pedimos dos.

—Pon muchas —le pidió Katinka al dependiente—. Somos tres, y estamos hambrientos como lobos.

Él sonrió y nos preguntó qué salsa queríamos, kétchup o mayonesa.

—Las dos —contestó Katinka—. ¡Y mucha!

El hombre del mostrador añadió un montón de salsa y colocó las dos raciones en una pequeña bandeja. Había muchísimas otras cosas ricas: limonada, gominolas, helados. Robbie las señalaba con ojos afligidos.

—Olvídalo —le dije—. Ya nos hemos gastado los tres euros.

Justo cuando íbamos a marcharnos, entró una chica. Tenía el pelo largo de color castaño, una camiseta blanca y unos pantalones del mismo color. Yo me quedé deslumbrado, como si hubiera mirado al sol.

La bandeja se me cayó de las manos y las patatas fritas aterrizaron en el suelo húmedo y hediondo.
—¡Hostia, chaval! —me increpó Katinka—. ¡Serás tonto!
Robbie empezó a llorar y se agachó para comerse las patatas del suelo.
—¡No, dejadlas! —gritó el dependiente—. Os prepararé otras dos raciones.
—¿De verdad? —preguntó Katinka—. ¿En serio?
—Sí —respondió él—. ¡Hoy es mi cumpleaños!
—¡Oh! ¿Y te han regalado muchas cosas bonitas?
—No.
—¿Por qué no?
—Porque... no tengo a nadie que me haga regalos...
—¿Cuántos cumples?
—Cuarenta y nueve.
—¡Jo, eres mayor que nuestro padre! —exclamó Katinka—. ¡Eres viejísimo!
—Bueno, no tanto —repuso él mientras le daba las patatas. ¡Dos raciones!
—Gracias —dijimos al unísono Katinka y yo. Robbie solo lo miró.

Regresamos a nuestro sitio. Cuando terminamos de comer, nos echamos a tomar el sol. Más tarde intentamos otra vez enseñar a nadar a Robbie, pero, nada, él no lo pillaba.
Fuimos con él hasta el tobogán pequeño. Se tiró al menos cincuenta veces. Al final estaba exhausto.
—Mañana probaremos en el grande —le dije, y él se rio.

—Tú no —le dijo Katinka—. Ese tobogán es para los mayores de ocho años.
Robbie puso cara de empezar a llorar de inmediato.
A continuación, nos tumbamos otro rato al sol.

A las seis y media nos vestimos y nos preparamos para marcharnos. Teníamos que estar en casa a las siete.
En el césped crecían algunas margaritas, había muchísimas, y Robbie señaló hacia las flores.
—Tienes razón —dijo Katinka y recogió varias para hacer un pequeño ramillete. Pensé que querría llevárselas a mamá, pero ella salió andando en dirección al kiosco. La seguimos.
—*Happy birthday to you, happy birthday to you* —cantaba mi hermana cuando entramos. Cantaba bien alto, con solemnidad, y a continuación le entregó al hombre de las patatas el ramillete de margaritas—. Que pases un feliz día... ¡Y búscate una mujer que te regale algo de vez en cuando!
—Pues... Lo intentaré —dijo el hombre, con un nudo en la garganta—. ¡Gracias!

Estábamos ya en la salida cuando, de repente, apareció de nuevo aquella chica tan linda. Estaba junto a la caja, charlando con uno de los socorristas. Ni siquiera se fijó en nosotros cuando pasamos por su lado.

7

Siguiendo el camino del río, vimos a mucha gente jugando al fútbol en el césped o haciendo barbacoas. El delicioso olor a salchichas a la parrilla nos despertó el hambre. Aún nos quedaba un buen trecho por recorrer para llegar al puente y después aún teníamos que atravesar los suburbios de la ciudad. Habríamos podido ir en bicicleta, claro, pero con Robbie eso no era una opción. Su modo de montar bici era como el de un gato borracho, siempre en zigzag. Además, se paraba cada dos por tres para reflexionar o contemplar algo.

«Con el tráfico que hay en la ciudad, es muy peligroso», había dicho papá.

De modo que tuvimos que ir a pie, avanzando del olor a carne de una barbacoa al siguiente.

Hablamos de todo lo imaginable. Katinka nos contó algo acerca de una chica de su clase llamada Klara. Resulta que la tal Klara tenías las piernas de diferente tamaño, y cojeaba. Además, tartamudeaba y no veía bien. Aún describió un par de defectos más, pero ya no los recuerdo. En fin, el caso es que esa chica, Klara, tenía un perro que la llevaba cada día hasta la escuela. Era un perro viejo que solo era capaz de avanzar al trote delante de su dueña, pero siempre la dejaba en la puerta del colegio. Y, cuando las clases terminaban, allí estaba el perro, a la entrada, dispuesto a acompañarla de vuelta.

Yo hablé del *ring* de boxeo que había abierto hacía unas semanas a la vuelta de la esquina de nuestra casa. Había estado allí, me había sentado dentro, en un banco, a observarlo todo. Debieron de pensar que era hermano de alguno de los boxeadores. Apenas entré, comprendí que estaba en mi salsa... Algo como eso, justo, quería hacer yo. Boxear. Y cuanto antes, mejor.

Robbie no habló demasiado, se pasó todo el tiempo señalando a cualquier cosa que le llamara la atención: piedras al borde del camino, un barco en la orilla del río...

También hablamos de nuestros planes para el verano. Katinka pretendía nadar un kilómetro a estilo libre. Mi propósito era lanzarme a la piscina desde el trampolín de diez metros. Robbie, por su parte, tenía las cosas claras: aprender a nadar de un modo decente. No le valía con hacerlo con un flotador.

—Lo lograremos, tesoro —le dijo Katinka—. Hay que tener una voluntad de hierro, ya lo sabes.

Robbie le dedicó una de esas sonrisas que solo él sabe regalarles a los demás.

De pronto, sin más, Katinka se subió de un salto al capó de un coche y luego al techo. Era un Golf de color negro. Y empezó a bailar.

—¡Bájate! —le grité—. Eso nos va a traer problemas.

—«¡Problemas, problemas!» —repitió cantando y sin parar de bailar.

Entonces, desde dentro del coche, alguien golpeó el parabrisas y nos amenazó con el puño. Katinka bajó y echamos a correr.

Llegamos a casa, a nuestra urbanización, a las siete en punto.

8

Subimos corriendo las escaleras porque no nos gustaba usar el ascensor, que olía de un modo extraño. Además, subir tres plantas era pan comido. Al menos para nosotros, claro. Para el anciano señor Mahlstedt, que vivía en el tercero, puerta con puerta con la nuestra, aquello era como escalar el Himalaya. Tenía que detenerse después de un par de escalones para tomar aliento y seguir subiendo con dificultad. Katinka admiraba al señor Mahlstedt porque nunca se daba por vencido, también él tenía una voluntad de hierro. Además, siempre se mostraba amable y reía al vernos, a pesar de que no le quedaba mucho tiempo de vida.

Mamá, sentada en la cocina, picaba cebolla, por lo que tenía los ojos llorosos. Fuera de eso, la expresión de su cara era alegre.

—Y bien..., ¿qué tal os ha ido el primer día? —preguntó de inmediato.

Le dijimos que de maravilla. Le contamos lo fría que estaba el agua, la anécdota del hombre de las patatas fritas, la canción de cumpleaños de Katinka. Por supuesto, no le dijimos una palabra sobre el baile en el techo del coche.

—¿Y tú? ¿Has avanzado con la natación? —preguntó mamá.

Robbie se encogió de hombros.

Mamá no nos preguntó si habíamos cuidado del pequeño. Sabía que podía fiarse de nosotros. Por lo menos en ese aspecto, digo yo.

—Ya verás cómo lo logras —dijo vertiendo la cebolla en una sartén—. Poned la mesa. Papá está al llegar.

En efecto, papá llegó. Lo primero que hacía, según entraba, era meterse en el cuarto de baño para asearse. Luego entraba en la cocina a darle un beso a mamá. Primero a mamá y después a nosotros.

—¡Caray, qué día! —gimió—. Hoy me tocó un tipo que no quería pagar. Dijo que necesitaba el dinero para cosas mejores.

—¿Y tú qué hiciste? —pregunté.

—Pues agarrarlo por el cuello y darle un par de buenas sacudidas. Y funcionó.

Yo miré a papá. Era fuerte como un oso. Y si un oso te pega un par de buenas sacudidas, tienes un problema.

—¿Qué cosa rica nos espera hoy? —preguntó.

—Espaguetis con salsa de tomate.

—¡Oh, estupendo! —exclamamos al unísono, aunque era un plato bastante habitual en nuestra casa.

—Con la salsa casera... —añadió mamá.

—¡Genial! —volvimos a decir a la vez.

Antes, sin embargo, debíamos comernos la ensalada. Mucha ensalada. Para cuidar nuestra salud.

También papá quiso saber cómo nos había ido en la piscina. Entonces mamá habló de María, una compañera de trabajo que estaba con dolores de espalda y, así y todo, tuvo que ir a trabajar. Habló de su jefe, que jamás daba las gracias por nada, y de un nuevo producto de limpieza que olía a rayos.

Después de cenar, vimos juntos una película. Se titulaba *Undercover Kitty* y trataba de una mujer que antes había sido una gata. Mi madre ya la había visto de joven, pero seguía gustándole.

Luego nos fuimos a la cama. El día había sido largo y estábamos cansados. Y a la mañana siguiente había colegio.

Mamá apagó la luz.

Yo me quedé pensando en el trampolín de diez metros y en la chica que me había deslumbrado como el sol.

9

Al día siguiente el cielo estaba teñido de un color gris oscuro. Solo se veían nubes y más nubes. Soplaba un viento frío. Pero no nos importó, queríamos ir a nadar de nuevo.

Esta vez tomamos el camino que seguía el río cuando salimos de la escuela y regresamos a casa. Para evitar ver todas aquellas cosas deliciosas del barrio de los bares, y para no tener que oír las quejas de Robbie.

Pensé que ese podría convertirse en nuestro camino habitual para el resto del verano. Ir y volver siempre siguiendo el curso del río. ¡Un viejo amigo!

Cuando llegamos, descubrimos que había otra mujer en la caja, una que no era la del día anterior. Otra vez nos tocó presenciar todo el numerito de nuestras entradas gratuitas. La mujer llamó al jefe, el tipo con la barriga como una pelota, la morsa.

La morsa ni siquiera nos dio los buenos días, ni hola. Nos hizo una señal para que pasáramos con cara de

mal humor. Tendríamos que aguantarlo durante todo el verano. Pero así eran las cosas.
Colocamos nuestras toallas en la hierba y corrimos a la piscina de los principiantes. Robbie fue el primero en meterse en el agua. Lo siguió Katinka. Yo tardé un poco en decidirme. Ya estábamos algo curtidos, así que nos reímos del agua helada, que nos quemaba la piel.

Una vez más, disponíamos de un poco de dinero, que en esta ocasión gastamos en chuches, como gominolas ácidas. El hombre del kiosco rio nada más vernos. Se alegraba de que anduviéramos por allí otra vez.
Fui hasta el trampolín. Era el momento perfecto, ya que el día estaba nuboso y gris, y aparte de nosotros no había apenas nadie en la piscina. Los días calurosos, en cambio, el ajetreo era enorme: se acumulaban por lo menos treinta personas ahí arriba, en el trampolín de diez metros; la mayoría chicos, también los mayores. Las chicas preferían quedarse abajo, a presenciar el espectáculo. Yo nunca había subido, tampoco al de cinco metros. Hasta entonces solo había saltado del de tres, en la piscina cubierta. Una sola vez. Nunca me atreví con uno más alto. Me resultó difícil hasta lanzarme desde el de tres metros. Necesité diez minutos. Unos chicos que me miraban desde abajo se reían. Hasta que por fin me decidí. Al caer, tragué mucha agua y me vi jadeando como mi hermano Robbie. Todos fueron testigos. Ahora había un par de niños pequeños nada más, de modo que no sería tan malo.

Quería empezar por el de tres, pero en cuanto empecé a subir me di cuenta de que allí todo era diferente a la piscina cubierta. Había un viento frío, y empecé a temblar. Al llegar arriba, para colmo, no tenía un techo que me cubriera, sino solo el cielo inmenso y gris.
Avancé despacio hasta el borde y miré hacia el agua. ¡La piscina era muy profunda!
Sentí vértigo y retrocedí un metro para agarrarme a la barandilla. Eso me ayudó.
Katinka estaba con Robbie en el bordillo. Me saludó con la mano, con un gesto amable que, al mismo tiempo, indicaba que se aburría. Robbie no me observaba a mí, contemplaba las nubes.
Continué retrocediendo. El viento soplaba, y yo tenía frío, lo único que deseaba era bajar y ponerme algo más abrigado. Pero entonces los ojos de Robbie se clavaron en mí.
Comprendí que mi hermano pequeño quería verme saltar como fuera. Me miró lleno de expectación, esbozando una sonrisa irónica. ¡Maldita sea, tío! ¡No sabes lo que está pasando por su cabeza!

Y en ese mismo instante apareció por una esquina aquella chica que me había deslumbrado como el sol. También ella alzó la vista. ¡Me miraba a mí!
Yo no quise esperar más y, sencillamente, salté al agua. Lo bueno de saltar es que en algún momento llegas abajo, como sea. Todo ocurre rápidamente. Vuelves a tragar agua y a jadear. Eso por supuesto. Pero ¡qué más da!

10

Cuando salí de nuevo a la superficie, Katinka aplaudía con cierta apatía, como cansada. Habría visto saltos mejores que el mío; de cabeza, por ejemplo.

Robbie estaba otra vez concentrado en las nubes.

Y la chica guapa había desaparecido. Cosa muy rara, porque yo no había permanecido tanto tiempo bajo el agua. En realidad, había estado muy poco.

Me asombró verla de nuevo con aquella ropa blanca, no con un bañador o algo por el estilo.

Esta segunda vez no nos quedamos mucho tiempo, porque empezaba a llover. No mucho, pero llovía. Además, el viento se hizo más frío.

De modo que nos marchamos a casa bajo la lluvia. El camino se nos hizo pesado. Por lo menos a Katinka y a mí.

Robbie estaba ocupado viendo cómo las gotas de lluvia impactaban en los charcos. Le encantaba.

11

El día siguiente era un sábado. El tiempo había mejorado de nuevo y hasta brillaba un poquito el sol. Mamá y papá no tenían que ir al trabajo, de modo que estábamos todos sentados a la mesa, desayunando, cuando a papá se le ocurrió la idea de que él y mamá podían acompañarnos a la piscina. Katinka hizo una mueca. Yo dije que me parecía bien. Robbie miró hacia el bote de mermelada.

Nos preparamos una buena bolsa con comida, ya que era muy caro comprar cosas para cinco personas en el kiosco. Y después fuimos en busca de nuestras bicicletas. También Robbie, que avanzaba muy despacito entre nuestros padres. No obstante, se cayó dos veces: la primera porque se puso a seguir un pájaro con la mirada; la segunda, sin ninguna causa concreta.

En la caja ya nos conocían. Papá pagó dos entradas para él y para mamá. Fuimos hasta el césped y nos acomodamos allí.

¡Los adultos son unos verdaderos blandengues! A mamá le bastó con probar el agua con los dedos de los pies para dar un gritito. Papá se metió hasta la altura de las rodillas y volvió a salir.

Quisimos mostrarles lo curtidos que estábamos sus hijos, y caminamos con tranquilidad hacia la gélida piscina como si no fuera nada del otro mundo. Mamá y papá se acomodaron en la toalla y tomaron café. Todo de maravilla.

Cuando salimos del agua, organizamos un pícnic en el que hubo hasta albóndigas y huevos cocidos. Alguna gente nos observaba de lejos. Normalmente, nadie hacía pícnic en la piscina, así que éramos algo especial.

Me disponía a tumbarme un rato para tomar el sol cuando la chica guapa volvió a aparecer. Por lo visto, estaba allí todo el tiempo, tal vez tuviera también una entrada gratuita. Esta vez llevaba un bañador rojo y caminaba en dirección a la cancha de voleibol, donde un par de muchachos jugaba un partido. De repente, alguien la llamó:

—¡Johanna! ¡La comida está lista!

A lo que ella respondió:

—Vale. ¡Enseguida voy!

A continuación, les dijo algo a los chicos que jugaban al voleibol y entró a una pequeña casita situada justo al lado del kiosco. Parecía una vivienda común y corriente, con un jardín delantero y cortinas.

En aquel momento vimos a la morsa, el jefe de la piscina, cruzando el césped con paso firme. También él entró en la casa. Y entonces lo comprendí: ¡vivía allí!

Y si aquella era la vivienda del socorrista y del jefe de las piscinas, ella era su hija. La hija del jefe. Por eso estaba todo el tiempo por allí. Y justo era la hora del almuerzo.

¡Se llamaba Johanna!

12

En fin, que me puse a tomar el sol y me quedé traspuesto un rato. Cuando desperté, levanté la vista de inmediato hacia la casa del jefe de la piscina.

—¿Qué andas mirando? —preguntó Katinka.

Agarré el último huevo duro sin responder nada. Papá se estiró todo lo largo que era.

—Me estoy asando. Creo que lo intentaré de nuevo. ¿Alguien quiere acompañarme?

Katinka y yo fuimos con él hasta la piscina grande. Esta vez no salió del agua tan pronto e incluso hizo un par de largos. Hacía una eternidad que no veía nadar a mi padre, y la verdad es que lo hacía muy bien. Daba largas y serenas brazadas, como un auténtico nadador, metía brevemente la cabeza bajo el agua y la sacaba de nuevo para tomar aire. Katinka intentó nadar en estilo libre, pero mantenía la cabeza todo el tiempo sobre la superficie. No pude contener una carcajada.

—¿De qué te ríes, estúpido? —me increpó.

En ese momento, papá salió del agua y señaló hacia la torre de salto.

—Hace tiempo que no subo —dijo.

—¿Cuánto? —le pregunté.

—Uf... Unos veinte años.

Katinka le dedicó una sonrisa que yo no sabría describir: una sonrisa que era mitad admiración y mitad compasión.

—¡Veinte años! —exclamó—. *Oh là là!*

Esto último lo había aprendido en una película en la que actuaba una francesa. Desde entonces quería viajar a Francia, y se pasaba todo el tiempo soltando frases en francés.

—Parece una eternidad, ¿verdad? —dijo papá.

Katinka asintió.

—Pues habrá que subir para remediarlo.

Saludó a mamá y a Robbie, que estaban en la piscina para principiantes. Papá subió las escaleras. «Se detendrá en el trampolín de tres metros», pensé yo. «No subirá más». Pero me equivoqué de cabo a rabo. Siguió hasta el de cinco metros. Caminó hasta el borde y miró hacia abajo.

—¡Caray! —exclamó—. ¡Qué alto!

Ahora todos podían verlo. Todos. También Johanna, que paseaba por el césped con otra chica.

—¡Oye, Alf! —gritó papá—. Nunca te has tirado desde aquí arriba, ¿verdad?

Bajé la vista, avergonzado. Me daba algo de vergüenza ver a mi padre allí arriba. No sé por qué, pero fue lo que sentí. Aunque mucho más me avergonzaba que ahora todos supieran que me llamo Alf, como el extraterrestre de la serie de televisión. Oí las risas de un par de niños.

—¡Mirad lo que va a hacer vuestro padre! —gritó él. Y, sin más, se dejó caer, como un saco de patatas. Pero, cuando estaba en el aire, recogió las piernas, pegándolas a la barriga, y aterrizó de culo en el agua. Qué manera de salpicar.

Había hecho lo que se llama una «bomba». Un par de personas aplaudió.

—¡Oye, chaval —me gritó un adolescente—, tu viejo es un *crack*!

Pero eso no fue todo. A mi padre aquello no le bastó. Salió del agua y subió otra vez la escalerilla. Esta vez se detuvo en el trampolín de siete metros y medio. Otra vez se paró en el borde y otra vez nos gritó algo, a voz en cuello. Estoy seguro de que pudieron oírlo incluso en el campo de entrenamiento contiguo.

—¡Alf! —gritó—. ¡Qué frío hace aquí arriba!

Yo miré hacia otra parte, pero me di cuenta de que Johanna me observaba. Había entendido que yo era el hijo del hombre encaramado al trampolín, que en ese momento se sobaba el trasero.

—¡Ahora no voy a hacer una bomba! —anunció—. ¡No estoy tan loco!

Johanna parecía expectante, curiosa por ver lo que se avecinaba.

—¡Eh, Marlene! —gritó mi padre haciéndole señas a mamá, que le devolvió el saludo. Robbie estaba a su lado, sin moverse, con la cabeza ladeada.

Esta vez papá se dejó caer de nuevo como un saco de patatas, pero no se ocupó de preparar el aterrizaje, de modo que chocó de barriga contra el agua. Todo resultó muy divertido, pero yo sabía que a papá no le había hecho ninguna gracia.

Se había hecho daño, eso era evidente. Pero mi padre era como era y no quiso que se le notara. Hizo como si todo estuviera en orden. Se oyeron otra vez los aplausos de un par de espectadores.

Cuando salió del agua, tenía la barriga roja como un tomate maduro. Fue hasta donde estaban mamá y Robbie y se dejó caer en la toalla. Mamá se burló de él y le sirvió un poco de café del termo.

Mamá y papá. A menudo me pongo a observarlos, miro lo que hacen, cómo se tratan. Y casi siempre me siento muy a gusto al verlos.

13 Ese día nos quedamos una hora más, tal vez dos. Johanna no se alejó mucho. Pasó casi todo el tiempo con una amiga cerca de los chicos que jugaban al voleibol. Yo habría preferido que se sentara junto a nosotros, pues aún había sitio en la toalla y también tarta de sobra. Katinka se peleó con Robbie, porque este último le pedía todo el tiempo que lo acompañara al agua.
—Tengo que estudiar francés —dijo ella en tono severo, con la vista clavada en el manual que mamá le había comprado en una tienda de todo a un euro.
Robbie le tiraba del bañador.
—¡Quieres hacerme el favor de dejarme tranquila! —le gritó Katinka—. ¡Tu hermana está estudiando!
Robbie se le sentó entonces encima del libro. Ella lo empujó. Robbie se echó a llorar.
—Deja en paz a Katinka —dijo nuestro padre—. Ven, yo te acompaño.
Papá cogió a Robbie de la mano y los dos cruzaron el césped. Papá tenía un tatuaje en el brazo: un lince con la boca abierta.
El dibujo resplandecía a la luz del sol.

También yo me metí en el agua de nuevo, pero en esa ocasión creí que me congelaba. Cuando salí, tenía los labios morados. Mamá me dijo que me metiera bajo la ducha. Había un par de cabinas. Entré a una y olvidé echar el cerrojo. Me coloqué bajo el chorro y cerré los ojos. La temperatura del agua era de lo más agradable.

De repente la puerta se abrió y entró uno de los chicos del voleibol.
—¿Te queda mucho? —preguntó.
—Sí, un poco —respondí—. Acabo de empezar.
—Las otras están ocupadas —dijo plantándose delante de mí—. Date prisa.
Era por lo menos un palmo más alto que yo. Me empujó hacia un lado, y yo sentí miedo.
Pero en eso llegó Katinka.
—¿Qué pasa aquí? —preguntó mi hermana.
—Nada —respondió él metiéndose bajo el chorro de agua—. ¡Piérdete, pequeñaja!
—Mi hermano estaba aquí antes que tú. —dijo Katinka —. ¡Piérdete tú!
El chico trató de apartarla. Pero Katinka era mucha Katinka. Le estampó una patada en la pantorrilla.
Él se quedó atónito. Bien que hubiera podido pegarle una hostia a mi hermana, pero ella lo miró con los ojos desorbitados, como solo ella es capaz de hacerlo. El otro rio nerviosamente.
—Está bien, está bien... —murmuró—. Cálmate, renacuaja.
—De eso nada —respondió Katinka—. ¡No me calmaré hasta que te largues!
El chico salió sin decir nada más.
Mi hermanita me había salvado. Aquello me provocaba una extraña sensación. Quiero decir: en primer lugar era una chica; y en segundo lugar, era más joven que yo. Pero tenía, también, una sensación agradable: saber que alguien cuida de ti. Y no cualquiera, sino Katinka

Bukowski, capaz de mirar a la gente de tal modo que hasta un chaval más grande se caga de miedo.

14

En los días siguientes no sucedieron grandes acontecimientos. Tampoco vi a Johanna.
Seguimos practicando natación con Robbie y nos comprábamos patatas fritas. Hizo un tiempo miserable casi todos esos días, y nos moríamos de frío. Nos metíamos todo el rato bajo la ducha de agua caliente y correteábamos alrededor de la piscina.
La morsa permanecía en la entrada, tomando café con sus compañeros de trabajo. Apenas tenían nada que hacer, no iba casi nadie, solo un par de nadadores con trajes de neopreno y nosotros.
A mamá y papá les parecía raro que estuviésemos todo el tiempo allí. A pesar de la entrada gratuita, teníamos que hacer bien nuestros deberes. Y los hacíamos. Nos llevábamos los cuadernos y despachábamos el asunto rápidamente, tumbados sobre el césped o sentados en algún banco.
Era como si viviéramos en la piscina.

¡En una ocasión, mientras íbamos hacia allí, vimos a Alfonso Blasio! Estaba sentado con una mujer en un banco y miraban ambos al río. Yo creía que todos los futbolistas se habrían ido de vacaciones. El último partido de la temporada había quedado atrás, y todos solían marcharse a alguna parte.

Lo reconocí de inmediato por el tatuaje de la calva. Alfonso Blasio era un jugador bastante agresivo. Lo digo por la cantidad de faltas que cometía. Le sacaban siempre muchas tarjetas amarillas, y a veces hasta alguna roja. A papá le parecía un tonto. Cada vez que veíamos las noticias deportivas y aparecía Alfonso Blasio, se acaloraba. «¡Ese tipo no se sabe controlar!», gritaba. «Es demasiado colérico. ¡Menuda mirada! ¡Está lleno de ira! Además, no sabe tirar penaltis...».

Nos paramos a observar a Alfonso Blasio y a la mujer. Él le rodeó los hombros con el brazo y le dio un beso. Ella tenía una larga melena rubia que se agitaba al viento.

—La auténtica novia de un futbolista —dijo Katinka.

—¿Qué? —pregunté.

Ella me miró como si yo fuera un estúpido.

—¡Típica mujer o novia de futbolista! Todas son rubias.

—¿Todas? —pregunté.

—Sí. ¡O casi todas!

15

Un par de días después estaba yo de nuevo con Robbie en la piscina de principiantes. Uno de los socorristas nos había prestado un churro, y Robbie estaba aferrado a él. Era como si, desde el día en que estuvimos practicando con el caballito de mar, hubiese olvidado todo lo aprendido. Este nuevo flotador le irritaba. Quería intentarlo sin ayuda adicional. Pero, sin ella, tampoco podía.

Las temperaturas habían subido un poco, por suerte.

Entonces vi que Johanna se dirigía hacia la toalla donde estaba mi hermana Katinka estudiando francés. Johanna se sentó a su lado y las dos empezaron a charlar. Mientras hablaban, echaban miraditas de vez en cuando hacia donde yo estaba.

Me estaba quedando helado, y Robbie estaba temblando. Mi hermanito soltó el churro y salió corriendo hacia donde estaban Johanna y Katinka y se ovilló en su albornoz.

Yo, en cambio, no me atrevía a salir sin más. Era imposible. Johanna estaba allí, en nuestras toallas.

No sabía qué hacer. De modo que nadé hasta el otro extremo de la piscina, salí por ese lado y di un enorme rodeo hasta las duchas.

Sabía que las chicas estarían mirándome, pero hice como si me diera igual. Pasé un buen rato en la ducha. Y luego abrí la puerta con cuidado para comprobar si Johanna seguía en nuestro sitio. Había desaparecido, vía libre.

—¿Qué quería esa chica? —le pregunté a Katinka.

—Es un secreto —dijo mi hermana—. Cosas de chicas que no incumben a los chicos.

Seguí indagando, hasta le prometí comprarle un helado gigante, pero ella se mantuvo en sus trece.

—No seas tan curioso —fue lo único que me contestó—. Además, no me dejas estudiar. Y grábate esto: quien sabe francés es siempre un rey o una reina.

—¿En serio?

—¡Por supuesto! ¿Sabías, por ejemplo, que los gatos hablan francés en secreto, cuando no estamos presentes?

Yo sabía que aquello no podía ser cierto.
—Incluso Dios habla francés. Pero eso es normal, a fin de cuentas vive en Francia.
—¿En serio? ¿Dios vive en Francia?
—¡Claro que sí! ¿Dónde iba a vivir si no?

16

Un domingo llovió como nunca. No obstante, nosotros llegamos muy temprano. A las diez ya estábamos allí, y ese día fuimos los primeros.
Es una sensación bastante especial la de llegar el primero a una piscina. El césped está vacío, solo un par de cornejas o gaviotas saltan de un lado a otro. La hierba está verde y suave.
No hay nadie en el agua color azul claro. Absolutamente nadie. El agua es un plato, un espejo que refleja los destellos del sol.
Te sientas y todo está en calma.

Hoy, en cambio, las gotas de lluvia golpeaban el agua. No había «movida alguna», como solía decir Adil cuando no hay clientes. Adil era el único socorrista oficial de esa piscina.
—No hay movida hoy —dijo cuando dejamos nuestras cosas, la toalla y los demás trastos.
Esta vez no las dejamos, por supuesto, en el césped, que estaba empapado. Había un alero junto a las duchas, fue allí donde soltamos todo. La lluvia hacía ruido.

Era un buen momento para continuar con mi sesión de saltos. Del trampolín, claro. Después del de tres metros, me tocaba el de cinco. Era mejor que lo hiciera cuanto antes, cuando todavía estábamos casi solos allí. Solo algunas abuelas paseaban por allí, unas cuatro o cinco.

Entonces subí por las escaleras. Katinka y Robbie se quedaron bajo el alero observándome.

Al llegar arriba, al borde del trampolín de cinco metros, la sensación fue, por supuesto, peor que en el nivel anterior. El viento me soplaba en los oídos, y la lluvia caía sobre mi cabeza. Hacía un frío que pelaba. Miré hacia abajo. ¡Qué alto...! Estaba a punto de bajar para ir a comprarme algo dulce cuando alguien me gritó:

—¡Valor, muchacho!

Era una de las abuelas.

—¡Eso! ¡Haz una pirueta! —gritó otra.

—Estarás muerto de miedo, ¿no?

—¡Queremos ver algo bonito, que para eso hemos pagado!

A las ancianas aquello les parecía divertido. A mí no tanto.

—Si algo es seguro es que llegarás abajo —bromeó otra—. ¡Vamos, salta de una vez! —La abuela llevaba un bañador de color naranja y unas chanclas de flores.

—¡Ven, sube y tírate tú, abuela! —le grité, y me sonrió.

—De acuerdo. Ya que me lo pides con tanta amabilidad, lo haré.

Y, acto seguido, se quitó sus curiosas chanclas y subió hasta donde yo estaba.

Se quedó a mi lado. Estaba un poco gordita y tenía las piernas llenas de varices.

—Ahora mismo salimos de esta —dijo antes de pararse en el borde.

Después echó un vistazo abajo y alzó los brazos. Se estiró y se lanzó. Había hecho una perfecta inmersión de cabeza, cayó en el agua como una flecha. Apenas si salpicó.

Katinka aplaudió, entusiasmada. Hasta Robbie aplaudió. Las demás abuelas aplaudieron también. El único que no lo hizo fui yo.

Yo seguía allí parado, en el borde, y vi a la abuela haciéndome señas mientras chapoteaba en la piscina, de espaldas, como una joven nutria.

—¡Vamos! —gritó—. ¡Déjate caer!

¿Qué podía hacer? Me dejé caer. Atravesé el aire helado, y casi al instante mi cuerpo golpeó el agua. Y me dolió. Sentí dolor en los pies y en la barriga.

Pero al menos había saltado.

Las abuelas se alegraron. Katinka y Robbie me trajeron mi albornoz, como si fuera un campeón de boxeo.

—¡Muy bien! —dijo Adil, alzando el dedo pulgar—. ¡Tú, chico fuerte!

Ahora sí que quería una ración de patatas fritas.

17

Estábamos en mayo todavía. Pronto llegarían las vacaciones, y después yo iría a una escuela nueva, aunque aún no estaba claro a cuál. Lo único seguro es que no sería un instituto de bachillerato.

Mamá y papá discutían a menudo sobre el tema, asistían a reuniones informativas y hablaban con otros padres. Yo prefería la de Thorben. Thorben había cumplido ya once años y era el único chico de mi clase que me parecía buena gente. A la mayoría no le caía bien, porque tenía la cara algo torcida y dientes grandes. Además, se peleaba a puñetazo limpio bastante a menudo.
Thorben iría al San Francisco. Allí quería ir yo, aunque, a decir verdad, no sabía de qué tipo de colegio se trataba.
—Es para católicos —me dijo mi padre, y yo lo miré—. Tendrías que ser católico —añadió.
¡Ah! ¡De modo que se trataba de religión! Era cosa de Dios.
—Nosotros no pertenecemos a la Iglesia —me explicó mamá—. No somos de ninguna religión.
No me apetecía nada escuchar largas explicaciones. Yo no era católico y punto. Era una pena, por lo del San Francisco, y por el propio Thorben. Pero estábamos en mayo. Tal vez aún pudiera hacerse algo con eso de ser o no católico.

¿Qué edad tendría, en realidad, Johanna? Si tenía la misma que yo, también a ella le tocaría ir a una escuela nueva. Tal vez ella no fuera católica y pudiera elegir con libertad. Puede que hasta nos encontráramos en la misma escuela, quién sabe. Incluso en la misma aula.
Le pregunté a Katinka. Quizá Johanna le había dicho su edad. Estábamos otra vez acostados en nuestras toallas. Era un lunes normal y corriente, brillaba el sol. Unas nubes gigantescas flotaban en el cielo. Nos habíamos metido ya

una vez en la piscina y habíamos comido unas barras de regaliz.

—*Choe ne sé pá* —respondió Katinka contemplándose las uñas con gesto arrogante. Me di cuenta entonces de que se las había pintado de color rosa claro.

—¿A qué viene eso ahora? —pregunté.

—*Choe ne sé pá* —repitió—. Es francés, como habrás comprendido. Significa: «No lo sé».

—Ah, vale...

—Tal vez unos *dís* —añadió tras reflexionar un momento—. O *noef*, o quizás *ounz*...

—¿Qué dices?

—Que puede que diez. O que tal vez sea mayor, o un año menor.

—¡Diez y medio! —exclamó Robbie, al que yo hacía durmiendo, pero que había estado escuchándonos todo el tiempo con los ojos cerrados.

—¿Cómo lo sabes?

—Lo oí...

—¿Dónde?

—En el kiosco.

Yo quería saber más. Pero Robbie había hablado más de lo que era habitual en él y no fue posible sacarle nada.

—¡Diez y medio entonces!

Aquello me alegraba. Yo también tenía diez y medio.

—Pero no te hagas ilusiones —comentó Katinka.

—No me las hago.

Mi hermana, con su sabihondez, a veces me sacaba de quicio. Quise incordiarla con sus uñas.

—Tampoco te hagas ilusiones tú creyendo que eres ya una mujer. Sigues siendo una niñita.
Katinka me miró con expresión pensativa y asintió. Yo quise decir algo desagradable, cualquier cosa relacionada con su francés... Pero entonces ocurrió algo.

18

Y lo que ocurrió estaba relacionado con la morsa, el padre de Johanna.
Y con tres chicos. Los tres mayores que yo. Tendrían trece o catorce años.
La morsa estaba con ellos en la piscina grande, para nadadores expertos. Había problemas, eso se vio desde el primer momento. Además, podía oírse. La morsa increpaba de mala manera a unos muchachos. Ellos habían saltado al agua desde el borde, y eso estaba prohibido. Había carteles por todas partes advirtiéndolo: «¡Prohibido saltar al agua desde los bordes!». Sin embargo, lo habían hecho.
—¿Es que no sabéis leer? —gritó la morsa.
Los chicos lo miraron. Uno de ellos rio dejando ver sus grandes colmillos, cosa que enfureció aún más a la morsa, que les gritó que salieran, que les prohibirían entrar si no cumplían con las normas de la piscina.
—¡Esto no es África! —vociferó—. ¡Haced el favor de comportaros como es debido!
El chico seguía riendo a carcajadas. A mí la morsa me daba miedo, pero estaba claro que a él no. La escena le parecía divertida. Acto seguido, sacó un pequeño balón

de fútbol de su mochila y le pegó una patada. La pelota se elevó muy alto en el aire.
—¡Ten cuidado! —lo increpó la morsa.
Una mujer se acercó. Era la abuela del bañador naranja, la que había hecho el salto espectacular. Habló amablemente con la morsa. No pudimos entender lo que le dijo, pero lo tranquilizó un poco.
Los muchachos se marcharon al campo de fútbol y se pusieron a jugar.

19

No sé ya cómo sucedió, pero, al cabo de unos pocos días, aquellos chavales eran habituales en nuestras toallas y comían patatas fritas con nosotros. Tal vez fue Katinka la que los abordó. O yo mismo. No tengo ni idea. El caso es que estaban con nosotros e intentábamos buscar un tema de conversación. Solo conocían un par de palabras en nuestro idioma. En realidad, solo sabían decir «Gracias» y «Yo me llamo», no mucho más. No hablaban inglés, aunque yo tampoco.
Empezaron a hablar entre ellos, y Katinka, de repente, se alborotó.
—*Parlé vu fronsé?* —preguntó, entusiasmada, a lo que los chicos reaccionaron riendo y respondiendo:
—*Oui, oui.*
Katinka, excitada, sacó su manual del bolso y se puso a hojearlo. Creo que fue la primera vez que habló francés con alguien. Quiero decir, con alguien que de verdad supiera el idioma.

Más tarde me contó que los tres chicos eran oriundos de Mali.
—¿De Mali? —pregunté—. ¿Dónde queda eso? Pensé que venían de África.
—Claro que vienen de África —dijo mi hermana—. Mali es otra palabra para referirse a África.
De esto último no estaba yo muy seguro.

Robbie estuvo todo ese tiempo presente, pero no dijo palabra. Solo tenía ojos para los grandes dientes blancos de los chicos y para su piel oscura. A veces les dedicaba una tímida sonrisa, y ellos se la devolvían.
Cuando terminaron de comerse las patatas, se levantaron con intención de marcharse, pero Katinka se moría de ganas de seguir hablando con ellos. Aunque, a decir verdad, aquello no era una auténtica conversación, sino un intercambio de palabras aisladas. Sin embargo, me daba perfecta cuenta de lo a gusto que se sentía mi hermana en aquella situación.
En un momento dado, por ejemplo, dijo:
—*Parí. Tré bián.* —Con lo cual quiso decir que París le parecía una ciudad muy bonita. Aunque, en realidad, ella nunca había estado allí.
Ellos, por su parte, hicieron un gesto negativo con la cabeza.
—*E le créps, tré bián* —añadió.
Los chicos rieron. En realidad, no tenían ningún interés en nosotros, querían jugar al fútbol e irse a la piscina grande, con las muchachas de su edad.

—*Vulé vú an glás?* —gritó Katinka corriendo tras ellos.
Pero aquellos tres, sencillamente, siguieron corriendo.
Quise saber qué les había gritado mi hermana.
—Que si querían un helado, por supuesto —respondió enfadada.
—Si no nos queda dinero...
—Me da igual —contestó tumbándose en la toalla—. ¡Y cierra el pico!

20

En casa le pregunté a mamá dónde estaba Mali. Ella me dijo que en África. Hasta sacó un atlas para enseñarnos la ubicación exacta.
—Ya lo ves —le dije a Katinka—. Mali es un país. Un país de África.
—Bueno, ¿y qué?
—Tú dijiste que Mali y África eran lo mismo.
Katinka, que no quería admitir su error, empezó a pegar brincos en el sofá mientras contaba en francés del diez al cero, como antes del lanzamiento de una nave espacial.
Katinka, mi hermana. A veces me parece tan tonta que me gustaría pegarle un buen sopapo, aunque sea todavía pequeña. Pero, en fin, la mayor parte del tiempo es una chica estupenda.
Aquella misma noche papá recibió un correo electrónico de su hermano, nuestro tío, al que no habíamos visto ni una sola vez en la vida. El tío Carl, que vivía en América.
—¡Qué gran sorpresa! —exclamó papá—. Vuestro tío Carl viene de visita. ¡Dentro de una semana!

Mi padre estaba contento. También mi madre. Pero nosotros no. Nosotros ni siquiera sabíamos quién era aquella persona.

Una semana después estábamos en la terminal de llegadas del aeropuerto, a la espera. Fuera brillaba el sol. ¡El SOL! Y nosotros allí colgados, esperando a nuestro tío. «Bueno», pensamos. «No tenemos ningún tío, tampoco tías. Ya veremos qué tal».
Y entonces llegó. Arrastraba a ambos lados unas maletas de ruedas de color plateado. El tío Carl era gordo y tenía la cara sudorosa y picada de granos. La camisa se le salía por fuera del pantalón y su nariz era igual a una patata.
Vino a nuestro encuentro y papá lo abrazó. Mamá también lo abrazó. Nosotros preferimos darle la mano.
Nos hizo un repaso de arriba abajo. A cada uno de nosotros, sus sobrinos: Robbie, Katinka y yo, Alf. La expresión del tío Carl era horrible, pero en sus ojos había cierto brillo. Reían.
—¡Caray! ¡Ya iba siendo hora de que nos conociéramos!
Su voz sonaba como cuando uno frota dos piedras.
Salimos. Hacía calor. Era una hora magnífica para estar tumbados en nuestras toallas con un helado en la mano. O metidos en la piscina de los principiantes. O en las pistas de entrenamiento, junto al estadio. En cualquier otra parte que no fuera en aquel coche viejo y maloliente. El nuestro.

Llevamos al tío Carl a casa para tomar café y comer tarta. Él se llevó un alegrón con aquel recibimiento. Llevaba mucho tiempo sin disfrutar de algo tan típico de Alemania: café y tarta. Con nata. Y en un mantel blanco. Antes habíamos dado un paseo en coche por la ciudad. El tío Carl solo sabía mirar hacia fuera. Le parecía bonito todo cuanto veía: el ayuntamiento, el mercado, hasta los tranvías.
—¡Caray! ¡Aquí todo es tan antiguo y bonito...! —exclamó, suspirando—. ¡Y tan tranquilo!
Nosotros no sabíamos casi nada acerca de él. Lo único que sabíamos, en realidad, era que vivía en Los Ángeles desde hacía una eternidad. En internet había unos diez millones de fotos de Los Ángeles, una ciudad tan grande como un país entero, donde las autovías eran tan anchas como las pistas de aterrizaje de los aviones. En cada esquina había un McDonald's o un Burger King. Y en las afueras de la ciudad estaba el mar.

Queríamos marcharnos en cuanto acabáramos con el café y la tarta. Eran las cuatro, aún nos daba tiempo.
—¿Todavía queréis ir? ¿A esta hora? —preguntó papá.
Nosotros asentimos. Robbie tenía que avanzar con la natación.
—¿Y vuestros deberes? —preguntó mamá.
—Los haremos en la *pissín* —respondió Katinka.
—¿Dónde? —preguntó el tío Carl.
—En la piscina.
El tío Carl rio.

—¡Vaya, *mademoiselle* habla francés!
—Pues sí... ¿Tú también?
—Un poquito.
—Entonces tienes que ejercitarlo más.
—Bueno, sí...
—Puedo darte clases particulares. ¡Solo cuesta cinco euros la hora!
—*Okay, all right*. Lo pensaré.

21

Nos dimos prisa. Por el camino me pregunté por qué no nos habíamos quedado en casa. Un día libre habría sido algo estupendo. No hacer nada especial. Ver la televisión, armar mi pista de carreras. O ir al gimnasio para ver qué estaban haciendo los boxeadores. Tal vez encontrarme con Thorben.
Pero la piscina nos atraía con cierta fuerza mágica, lo juro.

Esa tarde estaba bastante llena. Cuando hace sol, va todo el mundo, es así siempre.
El agua, sin embargo, estaba fría aún.
Esta vez lo intentamos sin el churro, pero a Robbie le pasaba algo. Se aferraba a nosotros, sin fuerzas, no tenía ninguna gana de practicar. Estaba, además, pálido como la luna.
—¿Todo bien? —le pregunté.
Robbie negó con la cabeza.
Conseguimos llegar a los baños por los pelos, y Robbie vomitó todo el inodoro.

—Eso te pasa por comer tanta tarta —le dijo Katinka.
—Estaba riquísima —intervine yo.
—Claro, porque tú te tragas lo que sea...
Cuando salimos, vimos a Adil en la entrada.
—¿Algún problema? —preguntó.
—Nuestro hermano no se siente bien y ha vomitado —le dijo Katinka—. ¿Tienes algún medicamento que le sirva?
Vino entonces otro socorrista, y entre los dos llevaron a Robbie a un cuartito que se encontraba junto a la caja de la recepción. Allí había mil cosas almacenadas en desorden; por ejemplo, una caja enorme llena de bañadores, gafas de buceo y toallas, cosas que la gente había dejado olvidadas en la piscina.
Acostaron a Robbie en una tumbona y le dieron un poco de agua. Mi hermano no dijo ni una palabra, solo miraba a la pared, en la que colgaba una foto como las de antes, en blanco y negro. En ella podía verse cómo era la piscina hacía cien años. O mil. Qué sé yo.
En esas estábamos cuando llegó la morsa. Observó a Robbie y le tomó el pulso.
—Vuestros padres tienen que venir a recogerlo.
Le dimos el teléfono de mamá y él llamó a casa. Y después volvió a salir.
A partir de ese momento, nos quedamos allí, esperando. Adil seguía con nosotros. Robbie se había quedado dormido, y yo también me sentía cansado. Katinka intentó enseñarle francés a Adil, pero él no quiso.
—Yo aprender mucho alemán —dijo el socorrista—. ¡Importante!

—¿De dónde eres? —preguntó mi hermana.
—De Siria.
—Eres un refugiado.
—Sí...
—¿Hace calor en Siria?
—Sí, mucho.
—Aquí siempre hace frío... Pasarás frío a menudo, ¿no?
—Sí.
Entró alguien. Bueno, no era «alguien». ¡Era Johanna! Se me quitó todo el cansancio de golpe.
El corazón se me salía del pecho, oleadas de calor recorrían todo mi cuerpo.
Aun así, hice como si no pasara nada.
Johanna tomó asiento junto a Adil, que le explicó lo sucedido. Johanna dijo que hacía una semana también alguien se había sentido mal después de lanzarse por el tobogán.
—Es que es una caída muy vertical —dijo mi hermana Katinka—. *Oh là là!*
—Sí, es cierto —respondió Johanna—. Cuando me lancé la primera vez, sentí un miedo tremendo. Fue algo tan...
Katinka dijo que la mejor técnica era dejarse caer sin más, no quedarse mucho tiempo arriba, pensando.
Johanna estuvo de acuerdo. No hacían más que parlotear, sin prestarme ninguna atención. Como si yo no estuviera presente. Y eso me molestaba.
—Pues a mí no me pareció tan alto —repuse en voz alta, a sabiendas de que mentía. Yo también había sentido miedo. Y un miedo atroz. Ese tobogán era terrible. Caía casi en vertical.

Me echaron una de esas miradas típicas de las chicas, como si estuviesen hastiadas.
—¿En serio? —preguntó Johanna.
Era la primera vez que me dirigía la palabra.
—Sí, en serio —respondí ruborizándome. Hasta yo me di cuenta.
—Los chicos siempre hacen lo mismo —dijo Johanna no dirigiéndose a mí, sino a Katinka.
—Exacto —dijo mi hermana, esa imbécil—. ¡Si cuando se subió en el trampolín de tres metros era como si estuviese a veinte metros de altura!
Johanna se rio.
Me hubiese gustado pegarle un sopapo a Katinka, pero no me atrevía a hacerlo delante de Johanna.
Quería decir algo, aunque no sabía qué.
Por suerte, entró mamá. Muy alterada, se lanzó sobre Robbie, que estaba otra vez despierto. Se sentó junto a él y le acarició la cabeza.
—¿Cómo te sientes, cariño? —preguntó, preocupada.
—Bien —dijo mi hermano, algo débilmente. Había recuperado un poco el color.
—Ven, nos marchamos ahora mismo —dijo mamá—. Recoged vuestras cosas. ¡Robbie debería estar en cama!
Cuando salimos, Katinka le dedicó una sonrisa a Johanna, como si fueran las mejores amigas. Johanna, por su parte, le devolvió la sonrisa. Yo no tenía motivos para sonreír.

22

Estaba todavía muy enfadado. Con Katinka, claro.

Ella viajaba sentada en el asiento trasero, al lado de Robbie, y le contaba a mamá algo acerca de su profesora, la señora Knöppke-Dieckmann.

—Se pone siempre unos vestidos que parecen sacos...

A mamá no le apetecía demasiado una charla sobre la tal señora Knöppke-Dieckmann. Estaba preocupada por Robbie. Pero eso a Katinka le daba igual.

—¡Y unos zapatos de pato! ¡Viejos y gastados!

—Nada de eso es tan importante, Katinka —dijo mamá—. Así que tranquilízate.

—¿Y sabes lo que le ha dicho esa bruja a Lara? Pues que no se vistiera tan elegante. ¡Imagínate, mamá!

Mamá suspiró. Y lo hizo bien alto, para que la oyeran.

—En fin, que esa señora Knöppke-Dieckmann es un asco —continuó Katinka con unas alegres palmaditas. Estaba de muy buen humor.

—Aquello no era un trampolín de diez metros —dijo Robbie de repente, sin venir al caso.

—¿Qué? —preguntó mamá.

—Aquello no era un trampolín de diez metros.

—¿Dónde?

—Antes.

—¿Antes cuándo? ¿Dónde?

—En la piscina, cuando todo estaba gris.

Yo entendí entonces a qué se refería mi hermano y le conté a mamá lo de la foto en blanco y negro. Mamá

nos explicó que hacía cien años no había aún fotografía a color. Todas eran en blanco y negro.
—Tampoco había torres de diez metros —dijo Robbie.
Vaya, sí que estaba suelto mi hermano. ¡Jamás había hablado tanto!

Cuando llegamos a casa, allí estaba el tío Carl, del que me había olvidado por completo. Sentado en el sofá, me miró con una expresión amable en su cara horrible. En fin, mi tío. Lo primero era acostumbrarme a que tenía un tío que vivía con nosotros.
—Bueno, ¿qué tal os ha ido? —preguntó.
Le conté lo que había pasado con Robbie, pero me callé lo de Johanna.
—Yo también iba mucho a vuestra piscina, cuando era un chico como tú.
A continuación, fue hasta la nevera, sacó una cerveza, la abrió con el mechero y volvió a sentarse en el sofá.
—Iba siempre con tu padre, que es un par de años más joven que yo. Y me tocaba cuidar de él, lo cual no era siempre divertido. En fin...
Dicho eso, bebió un largo trago de la botella.
—¿A qué te dedicas en Estados Unidos? —quise saber.
—Bah, hago trabajitos, cosas por aquí y por allá —respondió—. Fui cartero durante mucho tiempo. También estuve un tiempo en un matadero. Y hasta en el cementerio.

Eso sí que me parecía interesante. Me lo imaginé sepultando a los muertos en la tierra y cubriendo luego las tumbas. Estaba a punto de preguntarle si también había visto zombis, pero en eso entró Katinka y se sentó en el sofá junto a él.

—¿Te gusta nuestra casa, tito? —intervino mi hermana.

—Sí, claro. Veo que estáis todos muy ocupados.

—¿Tienes mujer?

—No. Estuve casado una vez, pero de eso hace mucho tiempo...

—¿Ni hijos?

—Tampoco.

—*Oh là là* —exclamó Katinka—. ¡Ni siquiera hijos!

El tío Carl rio.

—¡Ahora os tengo a vosotros!

Como Robbie estaba malo del estómago, tuvo que permanecer dos días en cama, de modo que Katinka y yo nos fuimos solos a la piscina. Por fin teníamos tiempo para entrenar con tranquilidad. Yo salté otras dos veces del trampolín de cinco metros y Katinka logró hacerse un largo estilo libre, no más. A Johanna no se le vio el pelo en ese tiempo, y la morsa estaba de mala leche, como siempre. Se desató una tormenta, y todos tuvieron que salir de las piscinas. La lluvia golpeaba el agua y el cielo se puso de color amarillo oscuro.

Un par de días después, el tío Carl estaba a la entrada de la escuela, esperándonos. Antes de que pudiéramos preguntarle a qué se debía el honor, nos dijo:

—Ahora pasaremos a recoger a Robbie y luego nos iremos todos juntos a la piscina.
Katinka y yo nos miramos.
—Tengo ganas de volver. Hace mucho tiempo que no voy por allí.
Pensé que era una buena idea ir caminando por el barrio de los bares. El tío nos invitaría a tomar algo. Y me apetecía un helado.
Y así fue. Nos sentamos en una heladería y no dejó escoger lo que quisiéramos. Robbie, repuesto del todo, se pidió un gigantesco helado de espaguetis.

23

¡El bañador del tío Carl era la bomba! De color verde claro, todo gastado. ¡Le llegaba casi hasta el ombligo! Todos les miraban cuando él y Robbie se metieron en la piscina de principiantes. Una vergüenza. A Robbie, en cambio, le gustaba que el tío Carl estuviera con nosotros. También a nosotros nos parecía bien, aunque no tanto como a él. Le caía mejor que a nosotros.
No sabía nadar tan bien como nuestro padre, pero eso era lo de menos. Y no se quejaba de la temperatura del agua, tal vez por lo gordo que estaba. La grasa protege del frío. También él saltó primero del trampolín de un metro, tomando antes impulso, y fue bastante ridículo. Y para colmo apareció Johanna, que fue testigo de todo.
Más tarde, cuando ya estábamos sentados en la toalla, el tío Carl contó cosas de Estados Unidos. Eso sí que me

hubiera interesado oírlo, pero yo no era capaz de concentrarme, a fin de cuentas, Johanna estaba cerca y no nos quitaba ojo. Katinka la saludó con cierta desgana. Johanna llevaba puesta una camiseta color turquesa en la que podía leerse la palabra LOVE en letras doradas. De repente me sentí distinto, percibí algo en la boca del estómago, en las piernas, en la planta de los pies. Tenía la cabeza caliente, como si tuviera fiebre. Aunque, en realidad, no estaba enfermo.

No dejaba de mirar a Johanna, no podía evitarlo.

—Pues sí que es guapa la chica —comentó el tío Carl—. ¡Tienes muy buen gusto, Alf!

Katinka soltó una risita burlona. Yo estaba enfadado y le pegué un coscorrón. Pero a mi hermana no le importó y siguió riendo. Robbie, en cambio, se puso a contemplar las nubes.

Me dirigí al tobogán con la única intención de librarme de todos ellos. Subí la empinada escalera y me puse en la fila. Delante de mí estaba uno de los chicos de Mali, que estaba de muy buen humor y me dedicó una sonrisa.

Me lanzaría ese día una decena de veces. Durante el breve lapso de tiempo que duraba la caída, me sentía absolutamente genial.

A continuación fui hasta la piscina de cincuenta metros y me senté en el pequeño estrado del bordillo para contemplar a los nadadores.

Había un tipo que, para protegerse del frío, llevaba puesto un traje de neopreno de color negro. Se cubría la cabeza con un gorro también negro y usaba unas gafas de bucear con cristales negros. Hacía, sin parar, un largo tras otro, nadando a estilo libre. Cuando llegaba al borde, daba una voltereta como la de un verdadero profesional. Le daba igual cruzarse con alguien que viniera de frente, obligaba a todos a apartarse.

Una anciana nadaba con suma lentitud, como un manatí. Me preguntaba cómo conseguía no hundirse. Estaba muy gorda, puede que se debiera a eso. La grasa flota.

Otro tipo hablaba en voz alta consigo mismo mientras nadaba. Algo muy inquietante. Tenía una voz grave, se contaba historias.

Dos mujeres jóvenes charlaban mientras hacían anchos. Tenían un parecido asombroso, seguramente eran gemelas.

Y también vi a un hombre incapaz de nadar en línea recta, como todos los demás. Atravesaba en diagonal la piscina. A algunos les molestaba; a él le hacía muchísima gracia.

Entonces el tipo del traje negro empezó a nadar como un delfín, estilo mariposa. En una de esas, chocó con la manatí, pero ni siquiera se disculpó. La señora salió del agua y se sentó en el estrado. Distinguí un par de lágrimas en sus mejillas.

Las gemelas salieron también. Hasta sus trajes de baño eran idénticos. Se secaron con toallas de color azul claro, también iguales.

El ambiente comenzaba a volverse aburrido, de modo que regresé a nuestras toallas. Katinka ya no estaba, tampoco se veía a Johanna por ninguna parte. Robbie dormía. El tío Carl leía el periódico.

Me senté a su lado. Él se alegró al verme, aunque continuó leyendo. Miré a los chicos de la toalla que estaba a nuestro lado. Parecían absortos en sus *smartphones*. A mí también me hubiera gustado tener uno, pero papá no quería. Solo después de las vacaciones me compraría uno.

Observé las briznas de hierba.

Observé a Adil, que estaba de pie al borde de la piscina para principiantes y hablaba con un hombre.

Observé a dos cornejas peleándose por una patata frita.

—¿No tienes nada que hacer, Alf? —preguntó el tío Carl.

—Nop...

—¡Cuánto me alegra haber vuelto por aquí! Casi no ha cambiado desde la última vez...

—¿En serio?

—Hasta las viejas cabinas individuales siguen ahí.

—Nunca las he usado. Cuestan más. Tres euros.

—Antes también pasaba lo mismo... A veces encontrábamos alguna que no estaba cerrada con llave. Nos metíamos en ella para fumar. Así era antes...

Intenté imaginármelo de joven. Me preguntaba si ya entonces tenía un bañador como aquel.

—Siempre hacíamos alguna trastada —me contó—. En una ocasión, pasamos la noche aquí y nos bañamos. La luna iluminaba la piscina. ¡Fue una pasada!

—¿Tú hacías esas cosas?
—¡Claro, chaval!
—¿Y? ¿Os descubrieron?
—De eso nada. ¡Jamás! —dijo con expresión satisfecha.
En ese preciso instante supe que nosotros también lo haríamos: pasar una noche en la piscina.
Noté la mirada del tío Carl y supe que había adivinado lo que estaba pensando. Sonrió son sorna. Yo le devolví la sonrisa. Y eso bastó.

En ese momento apareció Katinka.
—¿Dónde estabas? —le pregunté.
—A ti qué te importa —respondió. Es probable que hubiera estado con Johanna, y eso me molestaba.
Robbie se despertó y quiso meterse en el agua de inmediato. Cogió la mano del tío Carl y tiró de él.
—¡Caramba, Robbie! —suspiró el tío Carl—. ¿Tiene que ser ahora?
Robbie asintió. Tenía que ser ahora.

24

En realidad, no notábamos ningún avance digno de mención en lo que nos habíamos propuesto. Aunque Robbie era capaz de nadar otra vez sin flotador, y eso ya era algo. Katinka, por su parte, había logrado hacerse un par de largos a estilo libre, mientras que yo ni siquiera me había atrevido a subir al trampolín de siete metros y medio para averiguar qué se sentía allí.

Permanecíamos sentados en la hierba o nos lanzábamos por el tobogán, jugábamos al fútbol con otro puñado de niños en la placita que estaba junto a la cancha de voleibol, comíamos patatas fritas o nos quedábamos mirando a las musarañas... Pero entrenar, lo que se llama entrenar, no lo hacíamos. Estábamos en junio, quedaba mucho verano por delante.

En una ocasión, a Katinka le dieron permiso para ver los conejos de Johanna. Tenía tres: uno gris claro, uno marrón y otro negro. Vivían en un pequeño establo situado detrás de la casa y se enteraban de todo lo que pasaba en el campo de entrenamiento, lo que se gritaban los jugadores.

Yo también quería ver los conejos de Johanna, pero, sobre todo, quería ver su habitación. Aunque ella apenas hablaba conmigo.

El tío Carl había vuelto a marcharse por un par de semanas. Se había comprado un coche pequeño y quería viajar un poco por el país, ir al sur de Alemania y a Francia. Mamá y papá se fueron dos días a Berlín para visitar a nuestra abuela, que estaba enferma. Y nosotros nos fuimos a casa de Gunda, una amiga de nuestra madre que también nos acompañó a la piscina.

Aquello fue un infierno.

Gunda no nos caía nada bien. Su piso olía a comida rara. Su risa parecía los rebuznos de un burro. Tenía un perro pequeño que parecía una rata y no dejaba de ladrar.

El día de la piscina se sentó en la toalla y se untó una capa de varios centímetros de protector solar. Fumaba un cigarrillo tras otro. Fuera de eso, no hacía mucho más. Faltaban dos semanas para los exámenes, y luego yo iría a una nueva escuela. Mamá y papá se habían decidido por la de Gutenberg, que se hallaba a tan solo cinco minutos de nuestra casa. Ninguno de los de mi clase que habían elegido la misma me caía especialmente bien. No tenía ninguna gana de empezar en la escuela nueva. Quería que todo permaneciera como hasta ahora. Pero eso no podía ser. Las cosas cambian todo el rato.

25

La tarde del último día de clase, nuestros profesores y algunos padres organizaron una barbacoa en el patio del colegio. Habían montado unos paneles con fotos de nuestro grupo en los cuatro años de colegio. Yo salía en algunas, con mi mochila y pinta de bebé. Había algunas de nuestras excursiones. En fin, infinidad de fotos. Los padres se detenían delante de los paneles y exclamaban: «¡Oh! ¡Qué monos estaban entonces!». Papá y mamá asistieron a la fiesta. Y Katinka. Y Robbie. Papá se puso a charlar con el director, apuesto a que de mí. Me quedé mirándolos. El director tenía cara de enfado, como si le preocupara mi futuro. Pero mi padre mantenía una actitud completamente relajada. Se limitaba a escucharle, asentía de vez en cuando y, en un momento de despiste, lo dejó allí plantado. Así es mi papá.

Mamá charlaba con la madre de Thorben. Ambas reían. Katinka, por su parte, jugaba al bádminton con Max. Max era el chico que, durante una excursión de la escuela, vertió agua a propósito en mi cama. También él asistiría al colegio Gutenberg.
Robbie estaba sentado en un banco, con la mirada perdida. ¡Si al menos supiera lo que piensa cuando se queda así!

A las cinco, todo había acabado y llegó la hora de regresar a casa. Pero nos habíamos llevado las cosas de la piscina, que estaba muy cerca.
—Hoy ya no —dijo papá—. ¡Hoy es para dedicárselo por entero a la familia!
—Uff... —protesté yo.
—A la familia se le puede dedicar tiempo después de la siete —dijo Katinka mirando a papá con ojos lastimeros. Era esa mirada con la que casi siempre se sale con la suya—. Estamos de vacaciones. Ahora podemos quedarnos incluso hasta las ocho, y este año no vamos a hacer ningún viaje...
Era cierto. Nunca salíamos de viaje a ninguna parte, ni en vacaciones. Salvo en una ocasión en que fuimos a Cuxhaven. Excursión de un día.
—Bueno, está bien... —accedió papá—. Y aquí tenéis cinco euros. Compraos algo rico.

Ese día pasaron todavía algunas cosas.
Katinka estaba con Robbie en el agua, practicando.

Yo, tumbado en la toalla, no pensaba en nada concreto. El sol me daba de lleno en la cara, y eso me bastaba. De repente, una sombra me cubrió. Alguien, al parecer, estaba de pie delante de mí; probablemente Katinka, que tenía la fea costumbre de exprimirme su bañador encima.

—Me estás tapando el sol. Apártate.

Pero no era Katinka.

—¿Me ayudas? —preguntó una voz conocida.

Abrí los ojos. ¡Era Johanna! ¡¡¡Con su camiseta de LOVE!!!

—¿Qué...?

—Se me ha pinchado una rueda de la bici.

—Eh... —tartamudeé—. Yo... Sí, claro...

—Ven conmigo.

Su bicicleta estaba en el pequeño porche de su casa. Pensé que pronto saldría el jefe de la piscina y querría saber qué estaba haciendo yo allí. Pero Johanna me explicó que su padre había ido a hacer compras a la ciudad. Ella, por su parte, tendría que salir dentro de media hora para sus clases de ballet.

La goma delantera tenía un pinchazo. Johanna señaló una caja de herramientas.

—Ahí encontrarás todo lo que necesitas.

Yo asentí.

El asunto fue el siguiente: yo había puesto ya algún parche, mi padre me había enseñado cómo hacerlo, pero no era ningún especialista. Cuando lo había intentado solo, casi nunca había salido bien. Para ser sincero: nunca había salido bien. Siempre hacía algo mal.

—No hay problema. Lo resolveremos.

Ella me sonrió y se sentó en una tumbona.

Las ruedas delanteras son mucho más fáciles que las traseras. No obstante, empecé a sudar. Me alegré cuando conseguí sacar el manillar sin mucha dificultad, eso ya era algo. Noté que Johanna me observaba con detenimiento.

Entonces me tocó desmontar la rueda, y me puse a revolver en la caja en busca de la herramienta adecuada. También la saqué sin problemas. Me quedaba el pinchazo.

—Necesitaría un cubo con agua.

Johanna me lo trajo y volvió a sentarse en la tumbona. Llené de aire la cámara y la sostuve bajo el agua hasta que encontré el agujero.

Sabía que tenía que untar algo sobre el neumático, dejarlo secar y pegar encima el parche.

No sé por qué razón, pero todo fue como la seda. Volví a llenar de aire la cámara y la metí de nuevo bajo el agua. ¡Perfecto! No salía de mi asombro. Logré incluso montar de nuevo la rueda sin problemas. ¡Era un auténtico manitas!

—¡Listo!

—Muy bien —dijo Johanna—. Ahora puedo irme por fin.

Johanna empujó la bicicleta hasta la salida y, una vez allí, se volvió y me dijo adiós con la mano. Eso fue todo.

Katinka y Robbie me esperaban en la toalla. Quisieron saber dónde había estado. Les conté.

—Se nota —dijo Katinka señalando mis manos.
Su aspecto era el de cualquier mano que ha reparado una bicicleta. Como las de un mecánico.
Como no había otra cosa, me limpié en mi toalla.
Poco después nos marchamos.

A orillas del río había otra vez mucha actividad. Barbacoas, gente jugando al fútbol o bailando, con cervezas en la mano, parejitas de enamorados. Dentro de un par de años yo también estaría sentado por allí, de eso estaba seguro.
Entonces vimos al hombre.
Empujaba una bicicleta con remolque de un contenedor de basura hasta el otro, los revolvía en busca de botellas vacías. A veces también avanzaba por el prado, con la cabeza gacha. El remolque estaba repleto de botellas de cerveza y de refresco.
A Robbie el hombre le cayó bien de inmediato. Echó a correr, sacó una botella de entre unos arbustos situados junto a la orilla y se la llevó. El hombre lo miró y rio.
—Gracias, pequeño. ¡Qué amable!
Su voz ronca pegaba con su barba descuidada.
—Tienes ya un montón —le dijo Robbie—. ¿Las has encontrado tú todas?
—Sí —respondió el hombre de la bicicleta—. Aquí y en otros lugares.
—¿Y qué haces con ellas?
—En el supermercado me dan dinero por los envases.
—¿Cuánto te dan?

Katinka y yo no podíamos creerlo. Robbie había pronunciado más de un par de palabras. ¡Frases enteras! ¡Robbie estaba charlando con alguien!
—Por todas estas me darán tal vez cinco euros. Quizás hasta seis. Ya veremos...
—¿Quieres que te ayude a buscar? ¡Soy un especialista en encontrar cosas!
—No, pequeño, olvídalo. Seguramente tienes que volver a casa. Es tarde.
—¿Dónde vives? —quiso saber Robbie.
—Ahí detrás —contestó él—. Bajo aquel arco.

Caminamos a su lado hasta el lugar señalado, junto a la orilla del río. Allí estaban su cama y un pequeño armario de ropa. También una estantería con libros. Como en la vivienda de cualquiera, solo que fuera, a la intemperie.
—Tienes la cama muy bien arreglada —dijo Robbie—. A mí me la hacen papá o mamá.
—Bueno, poco a poco deberías ir aprendiendo a hacerla, ¿no te parece, pequeño?
Robbie asintió.
—¿Cómo te llamas?
—Konrad. Y ahora Konrad quiere ponerse a leer un rato. Después llevará las botellas —dijo sentándose en una banqueta de camping—. Chao, chicos. ¡Hasta pronto!

26

Apenas llegamos a casa, Robbie saltó a su cama y se puso a dar brincos. Cuando estaba totalmente deshecha, empezó a ponerla en orden. ¡Robbie estaba haciendo su cama! ¡¡Nada menos que Robbie!!
Yo había hecho mi cama un par de veces, en el albergue juvenil. Allí nos obligaban. Y ahora veía a mi hermano pequeño estirando la sábana y la colcha, alisándolas, concentrado en su tarea.
—¿Qué ha ocurrido, Robbie? —preguntó papá.
Robbie siguió tirando de la sábana y la colcha y alisando el almohadón.
—¿Todo bien? —volvió a preguntar papá.
Robbie asintió.
Le contamos a papá lo del encuentro con aquel hombre. Nos dijo que él también lo había visto alguna vez, también su cama y el resto de sus pertenencias.
—Pues ese vagabundo vive bien cómodo... —comentó Katinka.
—En primer lugar, no deberías llamarlo vagabundo. Es un sin techo —la reprendió mamá—. En segundo lugar, no tiene nada de cómodo vivir así. Mucho menos en invierno.
—Sí, puede ser —respondió Katinka y, acto seguido, se arrodilló en el suelo para tratar de hacer el pino—. Cuando sea mayor quiero ser modelo. Viviré en París y caminaré por la ciudad con vestidos elegantes, oliendo a buenos perfumes.
Mamá señaló las uñas de Katinka.

—Has vuelto a robarme el esmalte. ¡Eres demasiado pequeña para eso!
—Lo mismo que repite la tal señora Knöppke-Dieckmann —replicó mi hermana—. ¡Pero a mí por un oído me entra y por el otro me sale! —dijo alzándose en el aire, recta como una vela.
Papá rio. A mamá no le hizo gracia. Le molestaba que Katinka adoptara ese tono insolente y que a papá eso lo divirtiera.
—Lo mejor es que a partir de ahora los tres os hagáis vuestras camas. Creo que es una buena ocasión.
—En este momento no me viene bien —dijo Katinka—. ¡Estoy haciendo el pino!

27

A principios de julio comenzaban los entrenamientos en el campo junto a la piscina. La nueva temporada de la Bundesliga empezaría pronto y los jugadores regresaban de sus vacaciones.
A veces, cuando nos aburríamos en la piscina, nos íbamos hasta el campo para ver a los jugadores, que jugaban cuatro contra cuatro, practicando tiros a puerta. También los veíamos, al final del entrenamiento, firmar autógrafos o hacerse selfis con algunas personas. Los jugadores de la Bundesliga son estrellas, todos quieren algo de ellos. También nosotros.
Les pedíamos autógrafos cada vez que podíamos. La mayoría se mostraba amable y se tomaba su tiempo. Solo algunos se comportaban como si fuesen tan famosos

como Ronaldo. Nos miraban con arrogancia, garabateaban sus nombres en el papel deseosos de seguir cuanto antes su camino.

Por ejemplo, Alfonso Blasio.

A mí ni me miró, tampoco a Robbie. Ni siquiera dijo «Hola». Solo miró a Katinka, y eso porque ella, en lugar del brazo, le ofreció una pierna. Todos querían autógrafos en el brazo, y eso no tenía nada de especial. A Katinka le pareció más chulo pedir que se lo escribiera en el pie.

—¿Eh? —exclamó Alfonso Blasio.

—Escribe como es debido —le pidió Katinka—. No me hagas un garabato como a las demás chicas...

—¿Eh? —exclamó de nuevo el jugador.

Llevaba un par de años jugando aquí, pero casi no hablaba nuestro idioma. Estaba tatuado de arriba abajo: los brazos, las piernas, el cuello, la cabeza. Todo. No le quedaba sitio sin tatuar.

Katinka se apoyó en su pie izquierdo y le ofreció el derecho a Alfonso Blasio. Mi hermana era muy ágil, y casi le puso el pie delante de las narices. El jugador seguía sin entender lo que mi hermana quería.

—¡Vamos, firma de una vez! —le gritó—. No puedo estar eternamente parada como un flamenco.

Tal vez a Blasio le molestasen los pies sucios de Katinka. O quizá no entendiera lo que ella le pedía. El caso es que el jugador siguió su camino, tan campante, sin prestarle atención.

Katinka corrió tras él.

—¡Detente un momento, Alfonso Blasio! —le gritó dándole alcance. Una vez ante él, le ofreció de nuevo el pie—. ¡Escribe tu nombre ahí! Yo también tengo un rotulador permanente. ¡Toma!
Alfonso Blasio miró a mi hermana como si esta acabara de pedirle dinero. Pero a continuación garabateó su nombre en el pie de Katinka.
—¿Lo ves? No era tan difícil. Y practica un poco más los penaltis, Alfonso Blasio, para que no vuelva a ocurrir lo que pasó la última vez contra el Bayern. Lanzaste un balón tres metros por encima de la portería, y con ese gol tal vez habríamos ganado. ¡Espabila!
Alfonso Blasio ya no la oía. Se subió a su Ferrari rojo y salió pitando de allí.

Robbie estaba allí, pero aquello no le importaba lo más mínimo. Pasó todo el tiempo observando a un perro atado a un aparcamiento de bicicletas. El animal tenía un aspecto peligroso. Peligrosísimo. Era enorme, con un hocico cuadrado y ojos de cerdo. Tiraba de la cuerda sin cesar y ladraba a todo el que pasaba cerca.
Robbie observaba al perro, y yo observaba a Robbie. Con él uno nunca sabe. A veces hace cosas muy locas. Hubiera podido mantenerlo bajo control, pero en ese instante apareció Johanna. Venía de la piscina, la acompañaba una amiga. Estaba tan guapa que yo apenas lo podía creer.
En fin, que cuando volví a acordarme de Robbie, mi hermano estaba junto al perro. Casi pegado al animal.

El perro mostró los colmillos e intentó acercarse a Robbie, aunque le faltaban todavía un par de centímetros.
—¡Robbie! —grité, asustado—. ¡Aléjate de ahí!
Ni caso. Al contrario: mi hermano le ofreció al perro su pequeña mano.
Yo estaba seguro de que lo mordería y me quedé paralizado. Me quedé allí como si hubiera echado raíces, incapaz de reaccionar. También Katinka estaba allí, con los ojos clavados en Robbie.
Otras personas observaban la escena. Incluso algunos de los jugadores.
El perro enseñaba los dientes y gruñía. Sin embargo, de pronto paró y se dejó acariciar por Robbie como si nada hubiese ocurrido, como si fuese el perrito más mimoso y agradable del mundo. Le lamía la mano a Robbie, gimoteando. Y Robbie no hacía más que sonreír.

28

A mí no se me iba de la cabeza la idea de pasar una noche a escondidas en la piscina. Me lo imaginaba con tanta nitidez que empecé a trazar un plan que no comenté con nadie.
Entretanto había estado arriba, en el trampolín de siete metros y medio, pero solo durante un par de minutos. Bajé de inmediato. Lo de bajar se las trae, porque los demás te miran. Todos saben lo que ocurre, y tú no puedes hacer nada.
Katinka ya era capaz de nadar tres largos seguidos a estilo libre, aún le faltaban diecisiete. Yo me sentaba en el bordillo a observarla.

En el carril que estaba a su lado nadaba una mujer. Nadaba de espaldas, dejando a la vista sus grandes pechos. Yo intenté mirar a otra parte.
¡Robbie ya se hacía un largo! No pegaba tantas patadas en el agua ni se ponía tan nervioso.
Para entonces estábamos bastante morenos, nos pasábamos todo el día al sol. A veces la gente nos miraba con envidia, sobre todo los que tenían la piel blanca como la leche.
Desde que le reparé la bicicleta, Johanna me saludaba de vez en cuando, pero fuera de eso no había más.

En una ocasión, papá y yo fuimos solos a tomar un helado, y él me preguntó por Johanna.
—Yo no le intereso en absoluto. Se pasa todo el tiempo con los chicos del voleibol.
—¿Has hablado con ella alguna vez? —preguntó mi padre—. Quiero decir, ¿de forma directa?
—Bueno... Eso no...
—¡Pues hazlo!
—Sí, pero ¿cómo?
—Invítala a algo. Al kiosco. Solo vosotros dos.
—No tengo dinero.
En eso Aldo se acercó a nuestra mesa. El jefe de la heladería. Era italiano. Nos conocíamos bien. Vivía en el mismo edificio que nosotros.
—¿Está bueno el helado?
—Estupendo —respondió papá—. ¡Como siempre!

Aldo se alegró con la respuesta y, de inmediato, empezó a hablar de fútbol. Papá le contó lo ocurrido entre Alfonso Blasio y Katinka.

—Vaya pájaro el tal Alfonso —dijo Aldo—. Los Ferrari se le han subido a la cabeza.

Cuando Aldo hablaba, lo hacía también con las manos y los brazos. Los movía de un lado a otro y gesticulaba de un modo muy divertido.

—Aparte de que lleva demasiados tatuajes en la calva. ¡Eso no es bueno para el cerebro!

Al día siguiente estábamos tumbados en nuestra toalla, Katinka, Robbie y yo, y les conté lo que había dicho Aldo de Alfonso Blasio.

Robbie miró de nuevo a las nubes.

Katinka se echó a reír al ver lo bien que yo imitaba la forma de hablar de Aldo, incluyendo sus gestos.

—Ese no sabe nadar —comentó Robbie en voz baja.

—¿Quién? ¿Aldo? —pregunté.

—No —dijo Robbie sin apartar la vista del cielo—. ¡Alfonso Blasio!

—¿A qué viene ahora eso de que no sabe nadar? —preguntó Katinka—. ¿Qué quieres decir?

—Lo escuché hace un par de días —respondió.

Robbie soñaba mucho por las noches. También durante las siestas que se echaba por las tardes en la toalla. Cada vez que despertaba, creía que su sueño era la realidad.

—Habrás estado soñando, precioso —le dijo Katinka.

—No —protestó Robbie—. Nada de sueños. Hace rato, cuando estabais en el agua, había dos mujeres sentadas aquí al lado de nuestro sitio. Una de ellas era la mujer de un jugador, la de Alfonso Blasio. Creyeron que yo estaba dormido, y entonces ella le dijo a su amiga que Alfonso Blasio no sabía nadar. Lo dijo bajito, susurrando, pero la escuché.

¡Nunca en su vida Robbie había hablado tanto ni había dicho tantas frases seguidas! ¡Aquello era sensacional! Él mismo se asombró y, acto seguido, se puso de nuevo a contemplar las nubes. Aunque no por mucho rato. Poco después se tumbó sobre la toalla y se quedó dormido de inmediato. Creo que estaba demasiado exhausto de tanto hablar.
—*Oh là là* —exclamó Katinka, sonriente—. ¡Alfonso Blasio no sabe nadar!

29

Al día siguiente llovió, y aparte de nosotros no había casi nadie en la piscina. Nos acomodamos bajo el alero del estadio y vimos cómo las gotas de lluvia golpeaban el agua.

Robbie quería meterse y arrastró a Katinka consigo. Yo miré hacia arriba, hacia el trampolín de siete metros y medio. El trampolín me devolvió la mirada.
Quería que yo subiera.

Una vez arriba, la sensación fue la de siempre: desagradable. El viento me soplaba en las orejas y yo estaba empapado por la lluvia.
Me acerqué al borde y bajé la vista. La impresión, una vez más, fue tremenda.
La vista desde ahí era increíble, así que me giré y eché un vistazo a mi alrededor. Justo al lado de la torre de salto estaba Adil bajo un paraguas. Me saludó con la mano.
Delante del kiosco, la morsa tomaba café con un par de colegas.
Katinka y Robbie se lanzaban agua.
En la piscina de cincuenta metros nadaban dos mujeres con gorros de baño de color lila.
Los rayos del sol se colaban a través del borde de una nube gris.
En eso Johanna salió de su casa y se dirigió a la entrada, donde estaba la caja.
¡Johanna!
Ella miró hacia arriba, hacia mí. Y de inmediato lo supe: ¡ahora o nunca!
Todo fue muy rápido, pero, antes de llegar abajo, tuve claro que dolería. Volaba por los aires en posición transversal. Y en esa misma posición impacté contra el agua.
Cuando salí de la piscina, sentí un intenso ardor en la espalda. Adil acudió corriendo para ver si todo estaba bien. Lo estaba. Por lo menos en lo que atañía a mi espalda. Pero que Johanna me hubiera visto saltar en esas condiciones no estaba bien.

De todos modos, lo había conseguido.
—¿Te apetece un té caliente? —preguntó Adil—. ¡También tengo una tarta típica de Siria!
Asentí. ¡Adil era un tipo genial!

Cuando cesó la lluvia, la piscina se llenó algo más. Habíamos extendido de nuevo nuestras toallas sobre el césped y estábamos allí tumbados, holgazaneando. Katinka no tenía ganas de practicar la natación. Robbie quería contemplar el cielo. Y yo había logrado lanzarme del trampolín de siete metros y medio. No había nada que hacer. Además, tampoco nos quedaba dinero.
Nos aburríamos, de modo que lo dejé caer.
—Solo venimos aquí de día.
—Por supuesto—dijo Katinka—. ¿Y eso a qué viene?
—Estaría bien venir una noche.
—¿Por la noche? —repitió mi hermana, mirándome.
—Sí.
—Pero a esa hora la piscina está cerrada.
—Es cierto. Aun así...
—¿Cómo que «aun así»?
—Podríamos intentarlo. Quiero decir... Saltar el muro, por ejemplo. Sin más.
Katinka, que no me había quitado ojo, asintió.
—*Oh là là. Oh là là!*
—¿A qué viene eso de «*Oh là là*»? —preguntó Robbie, soñoliento.
—Sigue durmiendo, tesoro... Te lo contamos más tarde.
—Está bien —dijo Robbie, cerrando los ojos de nuevo.

—Me parece una idea estupenda... —dijo Katinka en voz baja—. ¡En serio! ¡Me encanta! ¡Por fin un acto delictivo de verdad! Necesitaremos mantas, y Robbie tendrá que traerse su foca de peluche. Y un termo con cacao, un libro para leerlo en voz alta y...

—Sí, sí, lo que tú digas...

Ahora que todo había salido a la luz, el plan me parecía un poco inquietante, pero Katinka estaba entusiasmadísima.

—¿Cuándo lo hacemos? —preguntó—. ¿Mañana?

—¿¡Estás loca!? Si es solo un plan... Primero tenemos que planificarlo.

—¡Claro, sí! Un plan... Pues por eso precisamente: ¡un plan hay que planificarlo!

—Pssst —dije, en un siseo, conminándola a bajar la voz—. No hables tan alto. Y de esto, ni una palabra a papá o a mamá, ¿entendido? ¡Y mucho menos a Johanna!

30

Ya íbamos camino de casa cuando Robbie recordó que queríamos contarle algo.

—Bah, no es tan importante —le dije.

Robbie era muy pequeño todavía, no había garantía alguna de que no lo soltara todo de repente durante la cena.

—¡Sí que era importante! —protestó—. Quiero saberlo...

—Era algo relacionado con Johanna —le mentí—. Tengo que repararle la bicicleta.

—¡Eso no es cierto!

—Mira, se trata de lo siguiente —intervino Katinka—: Alf ha tenido la genial y delictiva idea de que los tres pasemos una noche en la piscina. ¿Qué te parece, mi niño guapo?

—Me parece bien —dijo Robbie, lanzándome un puntapié por haberle mentido—. Pero yo quiero traer mi foca de peluche.

—Por supuesto —dijo mi hermana.

—¿Eso está prohibido? —preguntó el pequeño.

—¡Totalmente prohibido!

—¿Te meten en la cárcel si te pillan?

—No, eso no. Aunque nos meteríamos en un buen lío.

Robbie, con la mirada perdida, reflexionaba.

—Atiende bien: será nuestro secreto —le dije—. Ni una palabra a nadie, ¿de acuerdo?

Robbie resopló. Me dio la sensación de que estaba a punto de romper a llorar. A continuación, asintió y, a partir de ese instante, no volvió a decir palabra hasta que llegamos a casa.

Cuando estábamos sentados a la mesa, cenando, papá quiso saber cómo nos había ido en la piscina. Le conté que había saltado del trampolín de siete metros y medio. Papá se alegró. Mamá también.

—¿Y aparte de eso? —preguntó mamá—. ¿Seguís pasándolo tan bien?

—¡Sí, muy bien! —exclamó Katinka poniéndose en pie de un salto para hacer el pino—. ¡Nos lo pasamos genial!

—¿Y tú, Robbie? —quiso saber papá.

Robbie asintió, como casi siempre. Y eso bastó.

Por supuesto que a partir de ese momento estuvimos ocupados pensando en cómo lograr desaparecer de casa sin que nadie lo notara. O en cómo conseguiríamos, además, llegar a la piscina de noche sin que tampoco se notara y, una vez allí, bañarnos.
Eran demasiadas las cosas que no se debían notar, pero no había otro modo de hacerlo.
Barajamos, por ejemplo, dejarnos encerrar en los lavabos. Antes de que cerraran las instalaciones, nos esconderíamos en una de las duchas y esperaríamos a que terminaran las labores de limpieza y todo volviera a la calma. En cuanto oscureciera, saldríamos y nos meteríamos en el agua. Luego haríamos un pícnic y nos envolveríamos en nuestras mantas y toallas. A continuación, media hora antes de que volvieran a abrir, tendríamos que colarnos de nuevo en las duchas y no salir de allí hasta que hubiera bastante ajetreo fuera.
Entonces pensamos en mamá y papá. Entrarían en pánico y llamarían a la policía si no llegábamos a casa sobre las siete, como de costumbre. También cabía la posibilidad de que la morsa y sus colegas revisaran las duchas. Si nos encontraban allí, nos retirarían las entradas gratuitas, de eso no cabía duda, y hasta nos prohibirían regresar a la piscina. En casa nos castigarían. Nos quedaríamos sin salir por lo menos cuatro semanas.
—Olvidémonos de eso —dijo Katinka—. Tenemos que actuar con inteligencia, con algo más que inteligencia... ¡Ser más listos que los listos!

También consideramos la posibilidad de escaparnos en secreto de casa, cuando mamá y papá estuviesen durmiendo, y regresar por la mañana, antes de que se levantaran.
Nos imaginamos todas las opciones al detalle.
Lo dicho: un plan es preciso planificarlo.

31

Entretanto, los entrenamientos en los terrenos adyacentes estaban a tope. Cuando el viento soplaba en la dirección adecuada, alcanzábamos incluso a oír los gritos de los jugadores o los potentes golpes de balón.
Un martes por la tarde fuimos de nuevo a verlos. Practicaban en grupos de cinco contra uno, y también jugaban unos minipartidos de todos contra todos.
Cuando terminaron, volvimos a pedir algunos autógrafos. El que Alfonso Blasio había dejado en el pie de Katinka se había borrado hacía tiempo, ya que nos pasábamos casi todo el rato metidos en el agua.
—¡Alfonso Blasio! —gritó mi hermana cuando el jugador nos pasó por delante. Sus zapatillas sonaban al chocar contra el duro asfalto—. Mira, tu autógrafo se me ha borrado. ¡Regálame uno nuevo! —dijo mientras caminaba a su lado, pegando brincos y alzando el pie hasta ponérselo delante de las narices al jugador.
Seguramente Alfonso Blasio regalaba cientos de autógrafos cada día y a todo tipo de gente. Pero de Katinka se acordaba bien, eso se notó. Lo más probable es que

nadie le hubiera puesto un pie delante de las narices, como hacía mi hermana.

Sin embargo, Alfonso Blasio continuó andando, repartiendo autógrafos entre el resto de la gente que se congregaba a su alrededor.

—¡Al-fon-sooooo Bla-si-ooooo! —gritó Katinka—. ¡Me va a dar un calambre!

El tipo, con gesto arrogante, solo supo negar con la cabeza. Garabateó su nombre en una tarjeta que le ofreció una mujer y siguió su camino.

Katinka se enfureció de verdad ¡A mi hermana no se le hace una cosa así!

—Eh, tú... Alfonso Blasio... ¿Por qué no vienes a nadar con nosotros? —le gritó.

El jugador, sin embargo, no la oyó.

—¡Si no sabes nadar, yo puedo enseñarte! Mi hermano pequeño, Robbie, está aprendiendo justo en estos días.

Es cierto que Alfonso Blasio hablaba poco alemán, pero sí que entendía algunas cosas. En cualquier caso, en ese instante se dio la vuelta y miró a Katinka con ojos nerviosos. Mi hermana le devolvió la mirada y sonrió.

—*Okay, okay* —dijo—. ¡Yo darte autógrafo!

Katinka se alegró y puso el pie otra vez en el suelo.

—Ya no soy capaz de levantarlo de nuevo —suspiró, y Alfonso Blasio se agachó para dejarle el autógrafo en el pie.

—Qué bien —dijo mi hermana—. Y sigue entrenando así de bien los penaltis, ¿me oyes?

Alfonso Blasio quiso alejarse cuanto antes y nosotros regresamos a nuestra amada piscina.

Allí nos encontramos a Thorben, que estaba de pie al lado de la torre de salto, mirando hacia arriba.

32

Thorben pasaba la mayor parte del tiempo solo. Si acaso tenía un amigo, ese era yo. Pero en realidad solo nos veíamos en la escuela. Era la primera vez que me encontraba con Thorben en la piscina.

—Hola, ¿cómo va todo? —Lo saludé y chocamos cinco.

—Más bien no va... —dijo él, con cara de enfado. A continuación, señaló hacia la torre de salto—. ¿Ves a esos tres macacos ahí arriba?

No sabía a qué se refería.

—Esos tres negros, chaval...

Hablaba de los chicos de Mali, que estaban en la torre, charlando con una chica.

—Es mi hermana mayor —me explicó Thorben—. Mi padre no quiere que ella hable con esos macacos.

Su mirada se volvía cada vez más torva.

—Ven, lancémonos por el tobogán...

—No, quita —respondió—. Quiero ver si mi hermana hace algo con esos monos.

—Sus nombres son Amadou, Abdul y Issouf. Y son de Mali. ¡Ven, tío, el tobogán es una pasada!

Pero a Thorben no le apetecía. En su lugar, trepó a la torre. Distinguí cómo intercambiaba unas palabras con su hermana. Esta se enfadó y se dio la vuelta, dándole la espalda. Thorben siguió insistiendo, cuando, en eso,

Amadou intervino. Mi amigo ni siquiera lo miró, hizo como si Amadou fuera invisible. El joven de Mali lo tocó en el hombro con gesto más bien amable, pero a Thorben le pareció mal y le pegó un puñetazo en el brazo. Amadou rio. También Abdul e Issouf rieron. Eran mucho más altos que Thorben, así que no le tenían ningún miedo.

Adil se dio cuenta de lo que estaba ocurriendo y le gritó a Thorben que se lanzara del trampolín de diez metros o que bajara de inmediato.

—¡Vamos, salta! —le dijo también su hermana—. No te atreves.

Esto último era cierto. Thorben bajó por las escaleras, más enfadado que antes.

—¿Qué tal si nos lanzamos ahora por el tobogán? —le pregunté.

—Sí, vale.

Después de tirarnos, fuimos hasta nuestro sitio en el césped. Katinka estaba leyéndole algo a Robbie en voz alta, pasajes de su libro ilustrado preferido, sobre unos niños que vivían en las nubes.

Thorben seguía molesto por el asunto con su hermana.

—Me chivaré a papá —dijo, con rabia—. Se verá en un buen aprieto con él.

Cuando Katinka comprendió de qué se trataba, le dedicó una larga mirada a Thorben. Una de esas miradas suyas que no soy capaz de describir. Severa como la de nuestra madre cuando hacemos alguna tontería.

—*Oh là là* —exclamó Katinka—. *Oh là là!*
—¿Qué? —preguntó él.
—Amadou, Abdul y Issouf saben hablar francés —dijo ella.
—¿Y eso qué?
Katinka lo miró sin cambiar un ápice su expresión.
—Pues que eso es algo especial —le explicó mi hermana—. Vamos, piénsalo. Los *franzosos* han inventado un montón de cosas. París, por ejemplo, o la Torre Eiffel. Y los cruasanes, las baguettes. ¡Y tal vez incluso el queso! *Uí, Mesiéu!*
Thorben no sabía qué decir. Creo que le tenía un poco de miedo a mi hermana.
—Amadou, Abdul e Issouf vienen de África —añadió Katinka—. *Uí, Mesiéu!* En África hay leones y jirafas, elefantes y rinocerontes.
—¡Y hienas de lo más chulas! —dijo Robbie.
Thorben seguía sin saber qué decir. Clavó la vista en nuestra toalla, en la que no había otra cosa que la mancha de café que papá había dejado en ella.
—*Parlé vú fransé?* —le preguntó Katinka.
—¿Eh? —preguntó Thorben.
—Si sabes hablar francés —traduje yo.
—No —respondió Thorben.
—¿Sabes, al menos, nadar a estilo libre? —preguntó a su vez Katinka.
—¡Pues claro!
Katinka no le creyó, de modo que partieron juntos hasta la piscina grande, para que Thorben le enseñara lo que era capaz de hacer. Robbie y yo les acompañamos.

No nos lo íbamos a perder.

Thorben nadaba como un perro cansado. Mantenía la cabeza fuera del agua y daba patadas todo el tiempo. Katinka nadaba a su lado. Entretanto había aprendido a mantener la cabeza sumergida y a sacarla a breves intervalos para tomar aire.

Thorben aguantó un largo y regresó a su toalla. Lo seguí. Quería preguntarle si le quedaba algo de dinero. Tal vez nos diera para una ración de patatas fritas. Él tenía treinta céntimos.

Estábamos sentados en su sitio, y él de mal humor. Unos metros más allá, al borde de la piscina para bebés, estaba su hermana con los chicos de Mali. Reían y se lanzaban agua unos a otros.

—Papá se lo ha prohibido —volvió a decir.

—Pero ¿por qué? —quise saber.

Él, sin embargo, no respondió.

Su hermana se divertía de lo lindo con aquellos chicos. Imaginé cómo sería estar sentado con Johanna al borde de la piscina, riendo. Fue una sensación agradable.

Y justo en ese momento la vi atravesar el césped. Sola. Sin pensármelo dos veces, me levanté y fui a su encuentro.

—Me gustaría invitarte. Al kiosco. Puedes escoger lo que quieras.

Johanna me miró. Pensé que aquello le parecería estúpido, pero se limitó a preguntarme cuándo.

—Mañana —me apresuré a decir—. Hoy, casualmente, no tengo dinero encima.

—De acuerdo —contestó ella, sin más—. ¿A las cuatro?
Asentí. Tenía la boca seca. Cuando algo me inquieta, se me reseca la garganta.

33

El tío Carl había regresado ya de su viaje y yo le conté lo ocurrido con Johanna. Levantó el pulgar en señal de elogio, satisfecho.
—Hay un inconveniente.
—Me lo imagino. ¿Cuánto necesitas?
—Cinco euros. —Lo había calculado de antemano.
—De acuerdo —dijo mi tío—. Ningún problema.
Me dio diez euros para que comprara algo para Katinka y para Robbie y que mis hermanos no se quedaran con las manos vacías.
Yo sabía que mi tío no tenía mucho dinero, de modo que se lo agradecí miles de veces.
—No hay de qué. He pasado mucho tiempo sin ocuparme de vosotros. Ya era hora de hacer algo.
—¿Cuándo piensas regresar a América? —le pregunté.
—Ni idea. A lo mejor no regreso nunca. A lo mejor me quedó por aquí. Quiero decir, en Alemania.
—Sería genial.
—¡Sí, chaval! ¡Puede que sí!

Al día siguiente, Katinka y yo, como de costumbre, recogimos a Robbie en la guardería.
Allí tenían una especie de litera con unas cortinas. Dentro, uno se sentía tan a gusto y arropado como en

una cueva. Cada vez que íbamos a por Robbie, me entraban ganas de meterme allí. Lo mismo me ocurrió entonces.

Pero aquel día era imposible hacerlo. Tenía que llegar puntual a la piscina. Johanna me estaba esperando.

Y Robbie no tenía ganas de marcharse. Normalmente, no veía la hora. En cambio, esa tarde se quedó sentado en un rincón, junto a un montón de piezas, y se puso a construir un aparcamiento para sus coches de juguete. Katinka se sentó a su lado.

Faltaba poco para que dieran las tres.

—Tenemos que marcharnos enseguida —le advertí.

—¿Por qué? —preguntó Katinka—. Se está muy bien aquí. Además, a mí también me gustaría construir algo.

Robbie aplaudió.

Yo hubiera preferido marcharme solo, pero mamá y papá nos lo habían prohibido. Debíamos permanecer los tres juntos.

—¡Qué bueno hace hoy! —exclamé.

—No es cierto —replicó Katinka—. Pronto se pondrá a llover.

Hasta ahora no les había contado lo de Johanna. Era el momento de hacerlo.

—*Oh là là!* —exclamó Katinka—. ¡*Mesiéu* tiene un *randevú*!

Robbie quiso saber qué era un *randevú*.

—Es lo que ocurre cuando estás locamente enamorado de alguien y tienes una cita con esa persona —le explicó Katinka—. ¡Eso también lo inventaron los *franzosos*! Y se tiene que decir *cherí* y *yoe-tém*.

Robbie la miró solo un instante y continuó con su aparcamiento.
—¿Podemos largarnos de una vez?
—*Uí, uí* —exclamó Katinka—. Robbie, deja ya esa torre. ¡Alf está enamorado!

Llegamos a la piscina poco antes de las cuatro. Puntualmente. Había empezado a llover. Es así: en esta ciudad siempre llueve cuando tienes algo importante que hacer. Puedo jurarlo.
Johanna me esperaba sentada delante del kiosco, bajo el alero. La morsa estaba a su lado. ¡Nada menos que la morsa!
Katinka y Robbie se retiraron hacia el alero del estadio, pero yo sabía que no me quitaban ojo.
Atajé a través del césped. Estaba nervioso.
—¡Hola! —saludé, dirigiéndome a Johanna. A la morsa, en cambio, le dije—: Buenas tardes.
El padre de Johanna me observaba.
—¿Qué quieres de Johanna?
—Invitarla.
—¿Por qué razón?
—Porque...
—¿Arrancas de una vez o vas a tardar mucho en explicármelo?
—Porque me parece una chica simpática...
Eso era cierto. Preferí no decir que la encontraba guapa y esas cosas. En realidad, eso no le incumbía a él.
La morsa me miró como si yo hubiera dicho otra cosa.

Algo desagradable.
—¡Presta mucha atención! —me dijo.
Yo no entendí.
—Solo media hora —le advirtió a Johanna—. Tienes que fregar los platos.
Johanna asintió.
La morsa se retiró. Fue hasta el mostrador del café, donde ya lo esperaban sus colegas.

Johanna quiso tomar una cola con hielo y pajita. Lo mismo pedí yo. Me quedaban solo dos euros.
Nos sentamos bajo el alero con los pies hacia fuera. Llovía a cántaros.
—Muy rica —dije, señalando a la cola.
—Sí —convino Johanna.
—Qué tiempo más malo...
También a Johanna se lo parecía.
Yo quería contarle algo interesante, pero no se me ocurría nada, de modo que no insistí en ello. Estábamos allí sentados, sin más, escuchando el golpeteo de la lluvia. Era más que suficiente.
Johanna llevaba una chaqueta de chándal turquesa y pantalones cortos blancos. Estaba descalza.
Luego hablamos un poco de la escuela. Johanna asistiría a un instituto cerca de la estación de trenes, un edificio viejo y oscuro. Le conté lo de mi nuevo colegio.
Callamos y volvimos a escuchar la lluvia. Pude haberle preguntado cómo era eso de criarse junto a una piscina, pero seguramente todos le preguntarían lo mismo.

Compré entonces dos helados. En ese momento, recordé los cinco euros que el tío Carl me había dado para que les comprara algo a Katinka y Robbie. Fui hasta donde estaban ellos.

—Tarda mucho tu *randevú* —dijo Katinka.

Robbie me miró.

—El tío Carl me dio dinero para vosotros también. —Les entregué los cinco euros.

Me disponía a regresar de inmediato al kiosco, donde estaba Johanna. Mis hermanos me acompañaron. Querían comprarse algo.

La morsa estaba hablando con su hija. Por lo visto, había transcurrido la media hora.

—Y bien —me dijo a mí—. Eso ha sido todo por hoy.

Eso dijo, examinándome como si yo acabara de darle una paliza a alguien. También Johanna me miraba, pero de un modo distinto. Noté cuánto lamentaba que nuestra cita hubiera llegado a su fin.

La morsa la obligaba a regresar a casa. Para fregar. ¿Puede haber mayor estupidez que esa?

Katinka y Robbie se compraron unas patatas fritas, y yo les pregunté si podía coger algunas.

—Tú ya tuviste tu *randevú* —dijo Katinka—. Eso es mucho mejor que unas patatas fritas. ¡Eso es algo francés!

Robbie me ofreció de las suyas.

—¿Tú también lo has visto? —me preguntó.

—¿Qué cosa? —pregunté mientras me llevaba una patata a la boca.

—¿No has visto la lluvia al chocar contra el agua? —preguntó Robbie—. De repente desaparecen.

34

¡Un par de días después nadaba a la perfección! Ocurrió sin más. Habíamos estado con él en la piscina para principiantes, pero nos apartamos un momento para ir a ver a Adil, que charlaba con los chicos de Mali y reía a carcajadas. Cuando nos giramos para echar un vistazo a Robbie, nuestro hermano pequeño nadaba con toda la calma del mundo en dirección al bordillo. Al llegar, se detuvo un segundo, se dio la vuelta y nadó en la dirección opuesta. ¡Como si jamás hubiera hecho otra cosa en su vida!

—Es muy fácil —dijo en cuanto llegó a nuestro lado—. Solo hay que nadar.

—*Oh là là!* —exclamó Katinka—. ¡Tesoro! ¡Esto tenemos que celebrarlo! ¡Limonadas para todos!

Estuvimos todavía un rato practicando con él, luego fuimos con Adil hasta la piscina grande. Robbie debía nadar un largo de cincuenta metros, como había hecho con el caballito de mar, y después, de vuelta, otros cincuenta.

Nuestro hermanito saltó al agua.

Estaba tan tranquilo que no tuve más remedio que pensar: «Con Robbie nunca se sabe».

Miró incluso hacia arriba para ver si había nubes.

Los primeros cincuenta metros fueron para él pan comido. También consiguió vencer los otros cincuenta sin dificultad.
—¿Otra vez? —preguntó.
—Si te apetece, ¡muy bien! —dijo Adil.

En casa todos se alegraron.
—Pretendes ganar pronto la medalla de bronce, ¿no? —dijo papá.
Robbie quiso saber qué se necesitaba para hacerse con ella.
—Nadar doscientos metros por la superficie, sumergirte y bucear un poco y, al final, lanzarte del trampolín de un metro —le explicó papá.
—No —respondió Robbie.
—¿Por qué no?
—Alf tiene que tirarse primero del de diez.
Entonces todos me miraron. Katinka esbozó una sonrisita burlona.
—Lo haré —dije—. Ya me atreví con el de siete y medio.
—Tómate tu tiempo, Alf —me dijo mamá, poniéndome una mano en el hombro para, a continuación, empezar a darme un masaje en la nuca. Era algo que se le daba muy bien—. Que no te vuelvan loco.
—¡Alf tuvo una cita, un *randevú*! —gritó Katinka—. Está enamorado.
Una vez más, todas las cabezas se giraron hacia mí. Aquello comenzaba a sacarme de mis casillas.

—¿Es la chica de la que me hablaste? —preguntó papá—. ¿Cómo dijiste que se llamaba?
—Johanna —respondió Katinka—. Es bastante elegante, casi como una mujer parisina. Alf la invitó a tomar algo. Pero entonces llegó el papá de ella y se la llevó a casa. Alf se quedó la mar de triste, porque está enamorado.
Katinka se puso a hacer el pino sobre la alfombra y a canturrear.
—*Alf se nos ha enamorado. ¡Qué bonito es el amor así! ¡La, la, lalalá!*
Era uno de esos momentos en los que me habría gustado soltarle un sopapo.
—Estúpida —solté antes de echar a correr.
Era también uno de esos instantes en los que me habría gustado disponer de un lugar donde estar solo. En esta urbanización no había ningún bosque ni nada por el estilo. Solo supermercados y aparcamientos. De repente me sentía triste, aunque no sabía por qué.
Me puse a recorrer el barrio, hasta que recordé una vieja área de juegos en la que yo había estado muchas veces cuando era pequeño. Hasta allí me fui.
Me senté en uno de los columpios y me di impulso. Me tiré por el tobogán, hasta me senté un rato en el cajón de arena.
Aparte de mí, no había nadie. Se estaba muy bien allí. Era el sitio adecuado para reflexionar con tranquilidad. Sobre Johanna y sobre mí mismo.
Y también sobre el plan de pasar la noche en la piscina. En fin: reflexionar en general.

35

Después de eso, Katinka pasó un par de días enferma. Robbie prefería no ir a la piscina sin ella, de modo que fui yo solo.
Solo no era tan agradable como de costumbre. Además, no tenía dinero. Tampoco se veía a Johanna por ninguna parte, y no me atrevía a preguntarle por ella a la morsa. Salté un par de veces del trampolín de cinco metros, una del de siete y medio y me marché a casa.
Llamé por teléfono a Thorben, que me invitó a que pasara a verlo. Y a su casa que fui.

Thorben tenía una habitación en el sótano, toda para él. Arriba, en la planta baja, vivían sus padres y su hermana, pero aquel día no estaban.
Thorben tenía, además, un ordenador en su escritorio. Ni Robbie ni Katinka ni yo teníamos nada parecido. Tampoco *smartphones*. Robbie no necesitaba ninguno, porque todavía era muy niño y solo se dedicaba a mirar las nubes. Katinka era relativamente pequeña, aunque se comportara como una adolescente. Pero yo había cumplido diez años. Un par de chicos de mi clase tenían móviles, aunque no les daban permiso para llevarlos a la escuela. No obstante, a veces los sacaban en secreto durante el recreo y nos dejaban ver algunos vídeos.
—¿Qué vais a hacer con esos trastos? —preguntaba papá siempre—. Estáis mejor en vuestra piscina.
Thorben tenía todo lo que se le antojara, un móvil y un ordenador portátil. Nos sentamos y jugamos a algunos

juegos de acción. Yo no sabía cómo funcionaban, y Thorben se burlaba de mí.

Me enseñó uno de guerra. Unos soldados disparaban a una gente que salía corriendo de sus casas en llamas mientras los otros los acribillaban. Se parecían a los chicos de Mali.

—¡Mira! —exclamó Thorben—. ¡Vamos a acabar con ellos!

Primero me pareció divertido eso de acabar con aquellos personajes. La sangre salpicaba por todas partes, y yo me sentía poderoso. Lo que no me gustó nada en absoluto fue ver a Thorben. Estaba pálido como un zombi, totalmente fuera de sí, como en las nubes. Decía cosas horribles y reía con rabia, insultaba a alguno de la pantalla. Empecé a sentirme cada vez más extraño, me aburría lo de «acabar con aquella gente». Me entró sed, y le pregunté a Thorben si podía darme algo de beber. Pero él ni me escuchó, así que tuve que preguntarle de nuevo.

—¿Qué pasa? —me preguntó él a su vez.

Yo tenía la boca reseca, de modo que salí del sótano en busca de la cocina. Subí las escaleras.

Arriba, en la planta baja, todo estaba en silencio. En la planta superior había alguien escuchando la radio.

Resulta inquietante estar en casa de gente desconocida cuando los dueños se han ido. Aunque también es excitante. Puedes andar de un lado para otro y observarlo todo. Eso hice.

No encontré nada fuera de lo común.

En el salón había un sofá blanco enorme. Delante, una mesa de cristal vacía.
Fui hasta la cocina y me llené un vaso de agua. Y otro. Bebí y bebí todo cuanto pude. Y, mientras tanto, contemplé las fotografías que colgaban de las paredes. En una se veía a Thorben con sus padres debajo de un árbol. Thorben sostenía una bandera en la mano y reía.
Cuando regresé al sótano, mi amigo seguía sentado frente al ordenador, absorto, disparando a todo cuanto se moviera. Me senté a su lado, sin quitarle ojo, pero él ni siquiera se dio cuenta de que yo estaba allí.
Eso me sacó de quicio.
—¿Salimos?
—¿Qué pasa? —dijo él.
—Que si salimos a dar una vuelta.
—¿A dar una vuelta? —me preguntó extrañado—. ¿A santo de qué?
—A tomar un helado, tal vez...
—No —respondió él sin dejar de tirotear a aquella gente en la pantalla.

Poco después cogí la bicicleta y me fui. Volví a casa. Allí todo estaba como siempre.
Katinka discutía con mamá por una falda.
—Si ya me la he puesto —protestaba mi hermana—. Es mi falda favorita. Se ve la Torre Eiffel y el *Sacré Coer.*
—Sí, pero entonces eras más pequeña. Ahora te está muy corta —dijo mamá, hastiada—. No volverás a ponértela. ¡Y punto!

—¡Nada de «y punto»! —la increpó Katinka—. Eso me saca de quicio. No tienes ni idea de lo que significa ser elegante.
Papá, por su parte, estaba enfadado porque no encontraba el mando a distancia de la tele.
Robbie lloraba a causa de un mirlo que había encontrado muerto en la puerta del edificio.
Yo saqué el balón de fútbol del armario y me puse a jugar un poco por casa. Mamá me lo quitó, pero yo lo cogí de nuevo.
Katinka salió corriendo con la falda en dirección al cuarto de baño y se encerró allí.
¡Madre mía! Así era siempre. Y así iba a ser toda la vida.

36

Llovía, y Robbie caminaba despacio por la hierba húmeda. Le gustaba eso. Pero a uno de los socorristas no le pareció bien. Se llamaba Kalle.
—Chicos, vuestro hermano, ese de ahí... —dijo Kalle.
—Te refieres a Robbie, claro —le interrumpió Katinka—. ¿Qué pasa con él?
—No está muy bien de la cabeza, ¿verdad?
—Está perfectamente. ¿Por qué lo preguntas?
—Porque está caminando bajo la lluvia y cantando...
—Bueno ¿y qué? —dijo Katinka—. ¿Por qué iba a estar mal de la cabeza por eso?
De pronto Kalle se paró a reflexionar.
—Bueno... —dijo.
—Bueno, ¿qué? —preguntó Katinka.

—No, nada. Está bien —concluyó antes de seguir su camino.

Katinka puso los ojos en blanco y fue hasta la piscina grande para practicar el estilo libre.

Hasta ahora había conseguido hacer nueve largos, quería llegar a los veinte. Tendríais que haberla visto saltar al agua desde el bloque de salida. Estaba lloviendo, aparte de ella solo había un par de blandengues con traje de neopreno y gorros. Mi hermana se tiró de golpe y comenzó a nadar. Cada vez lo hacía mejor, su estilo era más perfecto. Y eso que nunca había tenido un profesor de natación. Lo había aprendido observando a los adultos. Y también en internet.

Cuando volvió a salir, estaba exhausta.

—*Oh là là! Noef!*

—¿Qué? —pregunté.

—Nueve —respondió mirándome como si fuera estúpido.

Hacía un momento había estado muy orgulloso de ella, pero ahora volvía a parecerme superarrogante.

—*An, doé, truá* —dijo Robbie escrutando el cielo gris como si allí hubiera algo—. *Cátre, zank, siz, set, uít, noef, diz!*

—¡*Uí*, tesoro! —exclamó, y le dio un beso—. ¡Si sigues así, te convertirás en un auténtico hombre de *Parí*!

Robbie se limpió el beso y observó a un par de gaviotas que volaban en círculo por encima de nosotros, siempre en busca de alguna patata frita o un pedazo de pan extraviado.

Entonces, de pronto, Johanna se acercó a nosotros. Caminaba bajo un paraguas. ¡Johanna!
—¿Os apetece un chocolate caliente? —preguntó.
La miramos.
—Mi madre pregunta si queréis entrar. Estáis empapados.
—¿Y la morsa? —pregunté, pero enseguida me di cuenta de que acababa de decir una estupidez. A fin de cuentas, aquel hombre era su padre.
—¿Qué morsa? —preguntó Johanna.
—Bah, es que estábamos hablando de morsas —se apresuró a decir Katinka—. Dónde habitan, lo que comen...
Robbie, por suerte, mantuvo el pico cerrado.

La morsa no estaba en casa. De lo contrario, habría sido un poco desagradable. Nos sentamos en la cocina, y la madre de Johanna nos sirvió el chocolate. Aquella mujer tenía casi el mismo aspecto de su hija, pero en mayor. También nos ofreció una toalla para que nos secáramos y nos dejó solos.
Pasamos un rato allí sentados, tomando chocolate y charlando. Bueno, más bien fueron Katinka y Johanna las que charlaron. Yo no me moví del lado de Robbie, hasta me sentía un poco como él. Como un cero a la izquierda, alguien al que nadie dirige la palabra. Eso me sacaba de quicio.
—Yo quiero ir alguna vez a París, sea como sea —dijo Katinka—. Y alojarme en un hotel de categoría, y comer comidas caras, comprarme cosas elegantes. Es lo que

siempre me imagino antes de quedarme dormida. Pero nunca nos da el dinero para un viaje así.

—Yo estuve una vez —contó Johanna—. Con mis padres, el año pasado.

Entonces explicó lo que había visto y vivido allí, la Torre Eiffel y esas cosas. A mí no me interesaba nada de aquello, París me daba igual. Me hubiera parecido mucho mejor viajar a Estados Unidos, pero eso era más imposible que ir a París. Y era cierto que no teníamos dinero. Pensé en los lugares a los que viajaban en las vacaciones otros chicos de mi clase, a España o a Suecia, a todas partes. En fin, que estábamos allí, tomando chocolate, mientras fuera llovía y soplaba un viento frío.

—La semana pasada unas personas intentaron colarse aquí por la noche para nadar —dijo Johanna sin rodeos—. ¡A las dos de la madrugada!

—*Oh là là!* —exclamó Katinka.

—Mi padre se dio cuenta y salió. Cuando lo vieron...

—¿Qué pasó? —preguntó Katinka.

—Nada, se largaron. En bañador. Dejaron aquí sus cosas... Pero no tenían carné de identidad ni nada por el estilo...

—En París hay una calle —dijo Katinka— que es muy ancha y está llena de *boutiques*. Hay que pagar para entrar. ¡Si no pagas, no te dejan pasar! Lo he visto en la tele. ¡Cuesta cinco euros la entrada!

—Creo que estuve una vez —dijo Johanna.

Volví a ver a mi hermana como alguien genial, simplemente por la manera en que logró cambiar el tema. De repente, el asunto de los intrusos había quedado olvidado. Johanna habló entonces del hotel en el que se habían alojado.

Al cabo de media hora, nos fuimos. Había dejado de llover, pero el cielo seguía gris. ¡Muy gris!
Regresamos a casa siguiendo el camino del río.
—La morsa tiene el oído fino —dije—. ¡Tendremos que andar con muchísimo cuidado!
—Exacto —comentó Katinka—. ¡Y eso lo hace todo mucho más excitante!
—Si nos pilla, se montará un lío enorme.
—Sobre todo en nuestra casa.
—Aun así, no podemos echarnos atrás.
—*Oh là là!*
En ese momento Robbie se detuvo y señaló hacia algo que estaba delante de él en el camino. Un abejorro. Yacía bocarriba y movía las patitas muy despacio.
—Está casi muerto —dijo Katinka—. De hecho, se está muriendo.
Robbie empezó a llorar.
—Hay que darle el tiro de gracia —añadió mi hermana.
—¿Qué dices? —pregunté.
—Es lo que se hace con los caballos —me explicó ella—. Cuando se enferman, se les pega un tiro. Me lo contó Lara. En sus caballerizas tenían uno que ya no podía sostenerse en pie. Con las cuatro patas rotas. Y lo mataron de un disparo. ¡Bang! Para que no siguiera sufriendo.
—¿Y qué se hace con un abejorro?

—Darle un pisotón.
Robbie lloró con más fuerza.
—Yo no me atrevo a hacerlo.
—Yo tampoco —dijo Katinka.
Nosotros, tal vez, habríamos dejado al abejorro allí tirado, pero Robbie no. Arrancó una hoja de un árbol y la empujó debajo del insecto. Con mucho cuidado, fue hasta el borde del camino y la dejó junto a un arbusto. Después arrancó otra hoja y la colocó encima del bicho.
—Ahora puede morir en paz —suspiró mi hermanito.
Solo entonces continuamos.

37

Estábamos ya a mediados de julio cuando de repente las temperaturas subieron. La piscina estaba a reventar, apenas nos quedaba sitio donde poner las toallas. Usábamos mucha crema de protección, porque el sol quemaba. Arriba, en el trampolín de diez metros, se acumulaba la gente, y yo no me atrevía a subir. También en el agua era difícil hacer nada.
Recordé los días en que casi estábamos solos. Pensé en la lluvia, en lo bonito que era verla chocar contra el agua. Pensé en el viento frío.
Johanna y su madre se habían marchado unos días a Baviera, para visitar a su abuela.
Robbie permanecía todo el tiempo sentado allí, observando a los bañistas.
Katinka, por su parte, aprendía francés.

—Para aprender francés se necesita una fuerza de voluntad de hierro —me dijo mi hermana—. *Oh là là!*
—Me da igual.
—Entonces no podrás hablar con los *franzosos* cuando estés en París.
—También me da igual —respondí de nuevo—. Y una cosa: no se dice «*franzosos*», sino «franceses».
Katinka me miró con expresión arrogante.
—Pues yo lo digo como me da la gana, no como me digas tú —dijo volviendo a su libro con ilustraciones de animales—. *Chá! Uasó! Chevó! Chián!*
Yo no entendía nada. Las piscinas estaban demasiado llenas para mi gusto, y quería marcharme. Toda aquella gente me sacaba de mis casillas. Tal vez podría ir a echar un vistazo al gimnasio.
A nuestro lado, un hombre y una mujer discutían por temas de dinero.
—Búscate un trabajo decente de una vez —le increpaba ella—. No puedo pasarme toda la vida manteniendo la familia.
El hombre sacó un cigarrillo.
—No te alteres tanto —dijo, con tono de hastío.
Pensé en mamá y papá, que casi siempre se entendían bien. Nuestros padres eran geniales. Y cuando los padres de uno son así, todo está bien, también a uno le va bien.

—¿Cómo se dice «irse a casa» en francés? —pregunté.
—*A la mesón* —respondió Katinka.
—Pues quiero irme *a la mesón*. ¡Ya!

Por el camino nos encontramos a Konrad. Estaba sentado en su cama, bajo el arco, y leía. Se alegró de vernos.

—¡Ah, sois vosotros!

Robbie echó a correr y se sentó a su lado.

—¿Vamos a recoger botellas? —preguntó mi hermano.

—No, pequeño. No iré hasta la noche, cuando la gente se siente en masa a la orilla del río a beber. ¡Con eso ya cubro todos mis gastos!

—Es un bonito oficio el tuyo: recogedor de botellas —dijo Robbie.

—Bueno, sí... —murmuró Konrad—. Antes yo era otra cosa. Trabajaba de camionero y hacía largos viajes, a veces iba hasta el sur de Francia.

—*Oh là là!* —exclamó Katinka—. ¿Viste a muchas mujeres elegantes?

—Por supuesto —respondió Konrad—. Las hay por todas partes.

Katinka se lo comió a preguntas, y Konrad le habló del mar. Entonces mi hermana quiso saber por qué ya no conducía el camión. Konrad dejó entrever un gesto triste, miró hacia el río y no dijo nada más.

En *la mesón*, nos encontramos con lo siguiente: el tío Carl había preparando unos perritos calientes riquísimos.

—¡Los originales americanos! —exclamó colocándolo todo encima de la mesa: los perritos, unos bollos, kétchup, mostaza y pepinillos.

Nos sentamos a la mesa, comimos y nos contamos historias. Robbie miraba su perrito caliente como un extraterrestre miraría una jirafa.
Papá le dio un abrazo a mamá.
Así tenía que ser. Exactamente así.

38

¡Un par de días más tarde Katinka consiguió hacerse trece largos! ¡Trece! Cuando salió del agua, se dejó caer junto al bordillo y nosotros le llevamos algo de beber.
Adil se acercó y le tomó el pulso, pero todo estaba en orden.
La morsa nos observaba de lejos mientras tomaba café.
¡Johanna cruzó el césped con un bañador blanco! ¡Johanna!
Tendrías que haberla visto.

39

Nos quedaban todavía un par de días libres, después ya se terminarían las vacaciones. Estábamos a principios de agosto. El tiempo cambiaba todo el rato; a veces hacía un calor de espanto, otras veces llovía durante varios días y unas nubes grises cubrían el cielo.
Katinka llegó a los catorce largos. Robbie se aventuraba cada vez con más frecuencia en la piscina grande, pero cuando estaba Adil, que no lo perdía de vista. Yo subí

unas veinte veces al trampolín de diez metros. Desgraciadamente, siempre volvía a bajar.
En ocasiones Johanna se sentaba un rato en nuestras toallas.
Al lado, en el campo de entrenamiento, los jugadores trabajaban duro, ya que pronto empezaría la temporada. De vez en cuando nos daba por ir a mirarles y, cuando Alfonso Blasio nos veía, se enfadaba.
Habían fichado a un nuevo jugador oriundo de Francia. Se llamaba Louis Loumane. Todos lo llamaban Lulu. Debía conceder entrevistas antes y después de cada entrenamiento, de modo que se paraba delante de las cámaras y sonreía.

El tío Carl, por su parte, se mudó. Había encontrado un piso en el mismo barrio. Continuó visitándonos a menudo, veíamos películas juntos.
Nuestra familia de cinco miembros tenía ya seis, porque no podíamos imaginar una vida sin el tío Carl.

Entre tanto, había llegado el primer día en la nueva escuela. Papá y mamá me acompañaron.
Delante del edificio había un pequeño atrio con unas canchas de baloncesto abandonadas. El edificio entero estaba cubierto de grafitis de arriba abajo.
Unas listas situadas en la entrada principal indicaban la clase que me correspondía. A mí, a Alfred Bukowski.
Subí a la tercera planta. Faltaba un cuarto de hora para

las ocho, pero en el aula 19 no había demasiado movimiento. El profesor estaba allí, llevaba puesta una camiseta naranja y un pantalón con muchos bolsillos.
Debíamos buscar un lugar donde sentarnos.
Me senté al lado de un chico que estaba en silla de ruedas con la mirada perdida. Le dije mi nombre y le pregunté:
—¿Todo bien contigo?
Él me ofreció la mano. Cuando se la estreché, la noté floja.
—Yo me llamo Robert —graznó.
En serio. Aquello sonó al graznido de un cuervo enfermo.
Entonces tocó el momento de presentarnos. Todos dijeron sus nombres. Éramos diecisiete chicos y seis chicas.
Pero ninguna tan guapa como Johanna.

40

Fue el 12 de agosto. Lo sé con tanta exactitud porque es el aniversario de boda de mamá y papá, y ellos siempre se regalan algo y no paran de besarse.
Katinka y yo estábamos en nuestro sitio, tumbados en las toallas. Robbie dormía. Siempre salía cansado de la guardería.
—¿Qué tal tu nuevo profesor? —preguntó Katinka.
—Más o menos.
—¿Más o menos bien o más o menos estúpido?
—Eso: más o menos.
—En fin, la tal señora Knöppke-Dieckmann es tan paleta... ¡Imagínate! ¡Hoy llevaba puestas de nuevo sus gastadas chanclas de plástico!

Yo prefería no imaginármela.
—Robbie, despierta —dijo Katinka—. ¡El sol te está dando en la cabeza!
—En mi caso es todavía la luna —murmuró el pequeño sin abrir los ojos.
—¡Eres un amor, mi niño!
—Los conejos se cuelan por el agujero.
—¿Qué conejos?
—Los que viven aquí —contestó Robbie, frotándose los ojos—. Vienen de noche, y entran por el agujero que está detrás del terreno de voleibol.
—¿Cómo lo sabes? —pregunté.
No respondió. En su lugar, miró hacia el cielo. Veía algo allí.
Katinka se levantó.
—Iré a ver.
—Es verdad —dijo cuando regresó—. Hay un agujero en la cerca. Lo suficientemente grande para que pase un conejo. Pero si se agranda un poco, también podrían pasar los Bukowski.
Y sonrió.
Robbie empezó a cantar un villancico.
—*¡Con mi burrito sabanero voy camino de Belén!*
—Lo único que quiero tener en el calendario de Adviento es esmalte de uñas —dijo Katinka.
—Mamá no quiere. Eres todavía demasiado pequeña.
—Cierra el pico —contestó dándome un coscorrón.
Yo le devolví el golpe. Entonces ella se arrojó sobre la hierba y fingió que yo le había roto algo.

Robbie siguió cantando.
Yo me acerqué a mi hermana para, si era verdad, disculparme. De cualquier manera, yo era más fuerte que ella. Pero de repente Katinka se puso de pie de un salto y exclamó:
—¡Esto se va a poner feo, Alf! ¡Muy feo! ¡La cosa va a ser de *oh là là*!

41

Robert tenía una asistenta, una chica llamada Leila.
Leila lo llevaba cada mañana a la escuela, se sentaba junto a él aunque no necesitara ayuda y lo llevaba de vuelta a su casa.
Tenía veintiún años. Llevaba el pelo muy corto y un *piercing* en la nariz. Nos caímos bien de inmediato.

En una ocasión mi bicicleta se rompió y me tocó ir a pie a la escuela. Esa tarde, Leila me llevó de vuelta a casa en el microbús con el que traía a Robert. Yo me senté al lado de él, pero Robert no paraba de mirar por la ventana y mover la cabeza de arriba abajo.
—¿Qué haces hoy? —preguntó Leila.
—Voy a la piscina.
Le conté lo de las entradas gratuitas, le hablé de Katinka y de Robbie.
—¡Yo también quiero ir! —dijo entonces Robert.
«Ya te digo», pensé. ¡Debería poder ir!

Al día siguiente, a las cuatro, llamaron al timbre de nuestra puerta.

—Esa es Leila —anunció Katinka, entusiasmada, aunque aún no la conocía personalmente.

Mamá bajó con nosotros para saludar. Nos advirtió que regresáramos a casa antes de las siete.

—Así será —respondió Leila.

Yo me senté delante, al lado de ella. Katinka y Robbie subieron a los asientos traseros, junto a Robert. Los tres se miraron.

—¿Hay en vuestra piscina un acceso para las personas con discapacidad? —preguntó Leila.

—No lo sé —respondí. Jamás me había fijado en ese detalle.

Al llegar, empujamos la silla de Robert. La piscina estaba bastante llena. La morsa nos observaba desde la entrada.

—¿Hay algún acceso al agua para personas con discapacidad? —le preguntó Katinka.

Yo estaba seguro de que mi hermana no sabía ni siquiera qué era eso.

La morsa, por su parte, bebió un trago de café y no respondió.

—¡Eh! ¿Hay algún acceso al agua para personas con discapacidad? —repitió mi hermana, esta vez alzando un poco más la voz.

—No —respondió la morsa—. No hay.

—¿Por qué «no hay»? —preguntó Leila.

A la morsa se le pusieron los ojos pequeñitos de rabia.

—Porque la asociación no se ocupa de esas cosas —respondió el director.
—Pues eso va a cambiar —dijo Leila—. Recibiréis muy pronto una carta de mi jefa.
La morsa apartó la vista y no se ocupó más de nosotros.
Llevamos a Robert hasta el césped, extendimos nuestras toallas y nos sentamos a tomar el sol.
Nos pusimos los bañadores. Robert no podía hacerlo solo, de modo que Leila lo ayudó.
Robbie quiso meterse en el agua. Y también Robert.
Empujamos la silla de ruedas hasta el borde de la piscina de principiantes. Leila se colocó delante de él y lo levantó de la silla. Leila era tan fuerte como Pippi Calzaslargas.
Lo llevó hasta la piscina con cuidado, luego se agachó y lo sentó en el agua. Robert estaba contento, reía. Salpicaba.
Robbie nadaba en torno a él como un tiburón, le mordía las piernas, tal y como nosotros habíamos hecho con él a principios del verano.
Cuando volvimos a nuestro sitio, Leila preguntó:
—¿A qué puedo invitaros? ¿Qué os apetece?
Era tan amable, tan maja y especial... Y Katinka pensaba lo mismo.
—*An glás, madám* —dijo mi hermana—. *Mercí!*
Entonces Leila dijo una larga frase en francés que yo no entendí. Katinka estaba entusiasmada.
—*Ah! Vú parlé francé?* —exclamó mi hermana.
—*Uí, madám* —respondió Leila.

Katinka la miró como a un ángel bajado del cielo. Fue con ella hasta el kiosco sin parar de hablarle.
Nos trajeron a cada uno lo que habíamos pedido: helado, patatas fritas, limonada.
En esto apareció Johanna y se sentó junto a nosotros.
Todo era perfecto. Quiero decir, la vida en general.

42

Cuando piensas que todavía es verano, de pronto observas los árboles y te das cuenta de que las hojas han empezado a cambiar de color. Se vuelven amarillas o rojas, algunas incluso marrones, y caen al suelo.
Un día estaba yo en el trampolín de diez metros, agarrado a la barandilla, y contemplé desde allí arriba las copas de los árboles. Soplaba un viento frío y lloviznaba un poco.
Era un día genial para estar en la torre de salto, fingiendo que aquello no era nada del otro mundo. «¡Hola, gente! Solo he subido para contemplar los árboles. No hace falta que me miréis de ese modo solo porque lleve aquí unos diez minutos dando vueltas sin saltar. Tal vez ni siquiera me lo haya propuesto. Así que a otra cosa...».
Los bañistas no querían mirar hacia otra parte. No eran muchos, pero, los que estaban, parecían haberse puesto de acuerdo para observar a Alf Bukowski. Katinka, Robbie, Leila y Robert también miraban hacia arriba. Robert sacudía un poco la cabeza.

De repente apareció Johanna. Cruzaba el césped, esta vez sin paraguas, con una chaqueta impermeable. Una chaqueta azul claro. ¡Su larga melena ondeaba al viento! Se detuvo junto a los demás.

Ahora ya no podía bajar por las escaleras. Bueno, lo que es poder, podía, pero esta vez no quise hacerlo.

Esta vez quería dar aquel asunto por zanjado y, para eso, ya se sabe, hay que tener una voluntad de hierro.

Caminé hasta el borde del trampolín y eché un vistazo hacia abajo. Breve, porque si te pasas, estás muerto.

Tensé un poco mi cuerpo y me dejé caer. Fue como una flecha en medio de la lluvia y del viento.

Antes de llegar abajo, estiré los pies. ¡Tendrías que haberme visto!

Fue genial.

—¡Bravo, bravo! —gritó Leila.

Algunos, como la abuela del bañador naranja y las chanclas de flores, hasta aplaudieron.

Robert también intentó aplaudir, sus manos chocaron sin fuerza mientras él reía. Los ojos le brillaban detrás de los gruesos cristales de las gafas. Robbie miraba al cielo, y Katinka charlaba con Johanna. Parecía que ninguna de las dos se hubiera enterado de mi increíble salto.

Aquello me enfadó.

Muy pronto tuve motivos para alegrarme de nuevo.

—Lo mejor sería que volvieras a saltar enseguida —me dijo Leila—. Así el efecto es más duradero.

—Está bien —dije. Y salté por segunda vez.

En esa ocasión entré al agua algo ladeado, pero daba igual. Luego salté una tercera, una cuarta, y entonces supe que era capaz de hacerlo.

Satisfecho, fui a sentarme junto a Katinka y Robbie en la toalla.

—Las golondrinas son muy rápidas —dijo mi hermanito—. Apenas puedes verlas.

—Hmmm.... —murmuré.

Robbie adoraba las golondrinas, que construían sus nidos en los aleros de los tejados y les cagaban a los que pasaban por debajo.

—Te queda poco para tus veinte largos —le dije a Katinka—. Robbie y yo hemos cumplido nuestros objetivos.

—No seas tan impertinente—respondió mi hermana.

Discutimos, como siempre. Para nosotros era algo normal, también lo era pegarnos un coscorrón de vez en cuando. Y eso hicimos. Leila nos miró con ojos de asombro.

—Y a vosotros ¿qué mosca os ha picado? —exclamó.

—¿Tienes un hermano mayor? —preguntó Katinka.

—No. Ni hermano ni hermana.

—Pues qué suerte —dijo Katinka—. Siempre habrás podido comerte en paz tus patatas fritas, sin que un estúpido trate de robarte algunas. Uno como Alf.

—Siempre quise tener hermanos —dijo Leila—. Me tocó estar siempre sola con mis padres. Lo vuestro sí que es una suerte: os tenéis los unos a los otros, venís juntos a la piscina. ¡Eso es estupendo!

—Bueno, tu hermano no habría sido tan imbécil —continuó Katinka—. ¡Esa es la diferencia!
—Alf no es ningún imbécil —graznó Robert—. Alf es mi amigo.
Eso sí que me pilló por sorpresa. En fin, resulta que había hecho un amigo.
—Amigo se dice *amí*—me explicó Katinka—. ¡Apréndetelo!
Leila rio a carcajadas.

43

Un par de días después llegó el turno de Katinka. Antes de empezar, se bebió una botella de zumo de manzana con gas y se comió un panecillo. A continuación, caminó hasta la piscina. Fuimos detrás de ella y nos sentamos en el pequeño estrado que estaba junto al bordillo.
Hacía un tiempo raro, un calor asfixiante.
El cielo mostraba un color gris amarillento.
Katinka comenzó a nadar, y yo enseguida me di cuenta de que lo estaba haciendo especialmente bien. Se deslizaba con ligereza por el agua, sin estrés. Algunas personas nadan como perros de pelea y lo salpican todo. Katinka no. Apenas salpicaba.
Fuimos contando uno a uno cada largo: yo en alemán y Robbie en francés.
—*Truá!* —exclamó al tercero—. *Cátre* —dijo al concluir el cuarto.

Al acabar el noveno, *noef,* Katinka estaba todavía en forma. Pero luego, a pesar de que siguió nadando, noté que aflojaba. Eso sí, continuó, porque mi hermana tenía una voluntad de hierro.

Entonces, de repente, oímos un trueno.

Vi que Adil alzaba los ojos al cielo y fruncía el ceño.

Entretanto, Robbie había aprendido a contar hasta veinte.

—*Onz! Duz! Trez!*

La morsa y otros dos socorristas corrían hacia la piscina. En eso otro relámpago iluminó el césped.

—*Catorz!* —exclamó Robbie, exultante. A Katinka solo le faltaban seis largos.

¡Zas! Otro rayo. Seguido de un trueno ensordecedor. La mayoría de la gente salió del agua, pero Katinka siguió nadando. Empezó a llover, las gotas chocaban contra la superficie.

—*Canz! Sez!*

—¡Todos fuera ahora mismo! —gritó la morsa.

Y, a través de los altavoces, oímos otra voz que repetía:

—¡Se ruega a todos los bañistas que salgan inmediatamente de la piscina!

Katinka, en cambio, no pensaba hacer tal cosa. Tal vez ni siquiera lo hubiera oído. Quería terminar sus veinte largos, su récord.

—*Dizsét!*

—¡Eh, tú, sal de una vez! —gritó la morsa.

Katinka sacó la cabeza fuera del agua un instante y respondió casi sin aliento:

—¡Sí! ¡Un segundo!

—¡No! ¡Ahora! —repitió, furioso.

—Solo me faltan dos vueltas y un poquito más —dijo Katinka, jadeando, y continuó su camino.

—¡Maldita sea! O sales ahora mismo o entro a por ti... —amenazó la morsa, corriendo hasta el bordillo. Llevaba un pantalón corto de deporte y una camisa de socorrista.

—*Dizuít!*

Arriba seguía relampagueando y tronando. La gente se acomodó bajo el techo de la tribuna para contemplar el espectáculo.

Tuve miedo por Katinka. Mucho miedo. Cuando hay tormenta, nadie debe permanecer en las piscinas. Podría caer un rayo. Y si un rayo te pilla, sobre todo si estás en el agua, estás muerto.

—¡Vamos, entra y sácala de una vez! —le ordenó la morsa a Adil.

Adil se quitó los pantalones. Debajo llevaba un bañador. Katinka lo vio desde el otro extremo de la piscina.

—*Diznoef! Diznoef!*

En realidad, Katinka debería haber salido en ese momento del agua, pero no lo hizo. Adil nadaba directo hacia ella, le faltaban unas pocas brazadas para alcanzarla. Entonces, de repente, mi hermana empezó a nadar en diagonal, de modo que Adil se vio obligado a cambiar el rumbo. Adil no nadaba demasiado rápido, por lo menos no tanto como para alcanzarla.

Dos socorristas más saltaron al agua.

En todo ese tiempo, nadando en diagonal, Katinka habría hecho en total, por lo menos, un largo. Y en aquel instante Robbie gritó:

—*Van! Van!*

Y yo grité:

—¡Veinte!

Acto seguido, los socorristas atraparon a Katinka y la sacaron de la piscina, mientras, sobre nuestras cabezas, seguía tronando y relampagueando.

Con mi hermana agarrada como si estuviera bajo arresto, se dirigieron hacia la tribuna. Hasta allí la acompañamos.

—Lo he logrado. —Katinka reía, feliz.

La morsa avanzó hacia ella. Estaba fuera de sí. Le apretó el brazo.

—¡¿Qué te has creído, mocosa desvergonzada?! —Estaba terriblemente enfadado.

—¡Mocosa desvergonzada, desvergonzada! —canturreó ella—. Pues sí, esa soy yo... ¡Lalalalá!

—Te prohíbo volver a la piscina. Ni se te ocurra asomar el pelo por aquí. ¿Me oyes?

¡Aquello era terrible! Katinka dejó de canturrear. Tampoco se la veía ya feliz.

—Pero... eso no puede ser —suspiró—. Tengo una entrada gratuita y quiero seguir disfrutando de ella. El verano no ha acabado todavía...

—¡Para ti sí! ¡Largo de aquí!

—Eso es... una crueldad. —Katinka rompió a llorar—. Tan gordo y tan paleto... *Oh, merd, merd, merd!*

Ya os podéis imaginar lo que eso significa. Si no lo sabéis, preguntad a vuestro profesor de Francés.

44

La tormenta cesó con tanta rapidez como había empezado. En realidad, solo llovió un poco más. Nosotros recogimos nuestras cosas sin decir palabra.
Los ojos de Robbie seguían con atención el vuelo de una gaviota que daba vueltas, impasible, por encima de nuestras cabezas.
En el camino de regreso a casa, siguiendo el curso del río, nos tropezamos con Konrad. Iba empujando la bicicleta y a ambos lados del manillar colgaban unas bolsas de plástico llenas de botellas vacías.
Le contamos lo que había ocurrido.
—Conozco a ese hombre —dijo—. Tal vez haya sido un poco duro, pero le entiendo. Él es el jefe de esas piscinas, el responsable de que todo funcione bien.
—Tenía que hacerme los veinte largos —lloriqueó Katinka.
—*Van!* —soltó Robbie, orgulloso—. A estilo libre...
—Sí, pequeño, lo comprendo. Pero eso es muy peligroso...
—¿Sabes cómo se dice «agua» en francés? —preguntó Katinka.
—No —respondió Konrad.
—*Oó*. Y se escribe *eau, e-a-u*. ¡¿No te parece elegante?!
—Es cierto —dijo Konrad dedicándole una sonrisa—. Esa palabra aparecía en mi colonia. Antes, cuando yo todavía usaba colonia...

—¡Pues yo quiero seguir metiéndome en el *oó*! —exclamó Katinka—. ¡Y seguiré yendo a la piscina! ¡Eso podéis darlo por seguro!

Mamá y papá también se enfadaron mucho. Katinka se fue a su cama y no quiso hablar con nadie.
Robbie y yo sabíamos lo que pasaría a partir de ese instante. Sin Katinka, nada sería lo mismo en la piscina. No habría diversión. Pero tampoco era divertido quedarse en casa de brazos cruzados, viendo cómo pasaba el verano.

A la mañana siguiente, nuestra madre llamó por teléfono al complejo de piscinas para disculparse en nombre de Katinka.
—Si la morsa está por ahí, deberías tener muchísimo cuidado —le susurró Katinka—. Podría abalanzarse sobre ti a través del teléfono...
—Ay, Katinka, Katinka —suspiró mamá, mientras esperaba a que alguien le cogiera la llamada—. ¡La de cosas que pasan por tu cabecita!
Katinka se encogió de hombros.
—Sí, hola. Soy Marlene Bukowski... Sí, Bukowski... Mis tres hijos van cada día a la piscina y... Exacto: Alf, Katinka y Robbie... Parece que ayer hubo un incidente... Sí, correcto... ¿Cómo ha dicho? Bueno, yo... Escuche, mi hija Katinka es una niña sumamente educada, pero es también, a veces, algo terca... Bueno, no, no es una desvergonzada, yo no la calificaría de ese modo... Sí, en eso tiene usted razón, era muy peligroso... En fin, solo

quería pedirle que se piense un poco más lo de prohibirle la entrada, mis hijos adoran su piscina... Y Katinka se compromete a no volver a hacer algo semejante... ¿No? ¿No podría usted, tal vez...? Qué pena. Pensé que sería... Sí, hasta la próxima...

Mamá miró el auricular con cara de asombro y colgó.

—¿Era la morsa? —preguntó Katinka.

Mamá asintió.

—¿Lo ves? —dijo mi hermana—. Si es que muerde...

—Ese hombre es bastante grosero —reconoció nuestra madre.

—*Oh là là!* —exclamó Robbie.

—Con él no hay nada que hacer —concluyó mamá—. Se niega a hablar del asunto.

Al final de la tarde, cuando papá llegó a casa, mamá le contó lo de la llamada. Katinka se encogió de hombros como si no tuviera nada que ver con todo aquello.

—Mañana es domingo —dijo papá—. Iremos todos juntos a la piscina. Ya veremos qué pasa. ¡A un Bukowski no se le niega la entrada!

Yo no estaba seguro de que aquello fuera una buena idea. Cuando papá se ponía de mal humor, era imprevisible.

—Los domingos hay siempre mucha gente —les previne—. No se puede nadar bien.

—Me importa un bledo —gruñó él.

Salimos después de desayunar. Fuimos andando a lo largo del río.

—¡Mira, ahí está Konrad! —gritó Katinka.
Nos detuvimos un momento y le presentamos a mamá y a papá.
Mis padres eran increíbles: eran capaces de ponerse a hablar con cualquiera, aunque esa persona viviera en la calle. Se pusieron a charlar con Konrad como lo habrían hecho con cualquier otra persona. Les daba igual que fuera director de una escuela o recogedor de botellas.
—¿Cuánto hace de media? —preguntó papá.
—En días muy buenos, hasta diez euros —respondió Konrad—. Los días malos, solo dos o tres.
—No es mucho para un trabajo tan duro —dijo mamá.
—Pero uno siempre está al aire libre, al sol —opinó Katinka—. A mí no me gustaría nada trabajar en una oficina o algo parecido. Aunque, en fin, yo seré modelo y viviré en París.
—Pues yo seré recogedor de botellas —anunció Robbie.

Unos minutos más tarde, estábamos en la fila delante de la caja registradora de la entrada: mamá, papá, luego Robbie, Katinka y yo. Cuando llegó nuestro turno, mamá pagó una entrada para dos: una para ella y otra para papá. Robbie mostró su entrada gratuita, como de costumbre.
La cajera nos conocía, por supuesto, y se quedó mirándonos.
—Me temo que en vuestro caso tenemos un problema —dijo—. O..., más bien..., en tu caso —añadió, dirigiéndose a Katinka.

—¿Podríamos hablar con el jefe? —preguntó papá.
—Ahora mismo está ocupado —contestó la mujer.
—Esperaremos.
De modo que esperamos. Pasaron unos diez minutos hasta que la morsa se dejó ver. Avanzaba por el césped y parecía enfadado.
—¡Pero si es Lothar! —exclamó papá—. ¡Eh, Lothar, tío! Qué sorpresa...
También la morsa se sorprendió.
—Buenos días —murmuró estrechándole la mano a papá. Mamá lo saludó con un gesto de la cabeza.
A nosotros ni nos miró siquiera.
—No sabía que eras el director. En la escuela querías ser policía.
—Hmmm...
—Escucha —le dijo papá—, me he enterado de que hay un problemilla...
—Sí que lo hay —gruñó la morsa. Yo me di cuenta de que no le alegraba en absoluto rencontrarse con papá.
—Venga, hablemos un momento en privado —dijo papá llevándoselo hasta una esquina, donde no pudiéramos escucharles. En cambio, podíamos verles.
Y lo que vimos fue:
A papá hablando.
A la morsa negando con la cabeza.
A papá dándole un leve golpe en el hombro y riendo.
A la morsa, que lo miró malhumorado.
A papá diciéndole algo al oído.
A la morsa, que se ponía roja. ¡Eso lo juro!

A papá riendo.
A la morsa enfadada.
A papá levantando el dedo índice en gesto de amenaza.
Y entonces, en los labios de la morsa, pude leer: «De acuerdo».
Papá vuelve a darle un golpecito en el hombro y ríe.
La morsa se acerca a la caja y le dice algo a la mujer.
Y, a continuación, se marcha dando grandes zancadas.

Papá regresó a donde estábamos nosotros y levantó el dedo pulgar. La mujer de la caja anunció que podíamos pasar, que no había problema.
—Y tú —se dirigió a Katinka—: a partir de ahora seguirás al pie de la letra todas las normas, ¿de acuerdo?
—*Uí, madám* —respondió mi hermana antes de darle la espalda.
La piscina nos acogía de nuevo.

45

Papá nunca nos contó cómo lo había conseguido. Nunca nos reveló lo que le había dicho a la morsa.
—Es un secreto —fue lo único que comentó—. Algo entre hombres.
Mama lo miró.
A mí me parecía bien que los hombres tuvieran secretos entre ellos. Y los amigos. Pero, por lo que yo había observado, papá y la morsa no eran amigos.

Cada vez quedaba menos margen para llevar a cabo la idea de dormir en la piscina. Estábamos ya a principios de septiembre, no nos quedaban ni dos semanas.
Y todavía no teníamos ningún plan.
—Podríamos hacer que nos encerraran ahí dentro —dijo Katinka. Estábamos sentados en nuestras toallas, un día o dos después de que papá y mamá vinieran con nosotros y papá hablara con la morsa—. Mamá y papá llamarán a la policía al ver que no regresamos a casa a nuestra hora.
—Creo que lo mejor es esperar a que se duerman y luego salir a escondidas —propuse yo—. No se me ocurre nada más.
—A mí tampoco —intervino Robbie—. Pero cuando lleguemos aquí, podríamos entrar como los conejos.
Vimos a Amadou, a Abdul y a Issouf atravesando el césped. Iban acompañados de dos chicas.
—*Salú!* —les gritó Katinka—. *Sa vá?*
Los tres rieron y siguieron su camino.
—¿Por qué no los dejas en paz de una vez? —le pregunté a mi hermana.
Ella no respondió y le hizo cosquillas a Robbie, que empezó a chillar.
Entonces se nos acercó Johanna. Esta vez llevaba puesta una camiseta de color marrón con un tigre pintado en la parte delantera. Se sentó junto a nosotros. O mejor dicho: ¡se sentó *a mi lado*!
—Mi padre estaba realmente cabreado —le dijo a Katinka—. Primero porque tú te negaste a salir del agua y después por la visita de vuestro padre.

—Lo siento —se disculpó Katinka—. Pero yo tenía que lograr, como fuera, hacerme esos veinte largos. ¡Como fuera! Imagínate, ya iba por el diecinueve.

—... casi llegando al *van* —aclaró Robbie.

—A mí me da igual que se haya enfadado —dijo Johanna, mirándome como a alguien de extrema confianza—. Me alegro de que hayáis podido volver.

Yo me ruboricé. Al menos así me lo pareció.

—*Mercí!* —dijo Katinka—. A mí también me alegra. Y a Robbie también le alegra. ¡Y a Alf, ni te cuento! Él se alegra especialmente.

Al decir esto último, soltó una risita.

También Johanna.

Yo clavé los ojos en la toalla. Aquello era embarazoso. Así que me propuse darle más tarde un coscorrón a Katinka.

—Anoche se coló otra vez gente para bañarse, pero papá los pilló —dijo Johanna.

Podía imaginarme muy bien lo que significaba ser sorprendido por la morsa durante la noche, cuando no había nadie allí. Tal vez Katinka tuviera razón y aquel hombre fuera capaz hasta de morder. En todo caso, la persona en cuestión no lo pasaría nada bien.

—Qué raro que lo sigan intentando —disimuló Johanna.

Yo miré a Robbie y Robbie me miró a mí. Ojalá mantuviera la boca cerrada.

—*Oh là là!* —murmuró mi hermano pequeño.

—¿Qué haréis después de que esto cierre? —preguntó Johanna.

Katinka se puso de pie y ensayó una postura elegante.

—Practicaré el modelaje y seguiré aprendiendo francés.
—Yo aprenderé a boxear.
—¡Qué guay! —exclamó Johanna, observando mis músculos, aunque yo apenas tenía.
—Yo recogeré botellas —dijo Robbie—. Por cada botella vacía te dan unos cuantos céntimos —añadió antes de hablarle de Konrad.
—Lo conozco —dijo Johanna—. Vino una vez a ducharse, pero papá lo echó.
Quisimos saber por qué.
—Porque huele un poco raro.
Robbie miró hacia las nubes. Yo no sabría describir su mirada, que estaba muy lejos de todos nosotros, de todo.
—La señora Knöppke-Dieckmann también huele de manera penetrante —comentó Katinka—. Pero a ella le huele el aliento.
—A mi padre también —dijo Johanna.
—Las mujeres de *Parí* huelen siempre de manera exquisita —dijo Katinka—. Es algo muy normal.
—¿Cómo puedes saberlo? —le pregunté—. Nunca has estado en París.
Ella me observó con aquella expresión arrogante.
—Esas cosas se saben cuando uno es experto en el asunto.
Le di un coscorrón, pero ella rio.
—Quiero nadar —dijo Robbie—. Me estoy asando.
—¡De acuerdo, tesoro!
Katinka se levantó y lo acompañó al agua.

47

Llegó entonces el día en que... Fue un viernes, y hacía bastante calor.
Estábamos obligados a tomar una rápida decisión, sin pensárnoslo mucho. Cuando piensas mucho una cosa, todo se complica, te haces un lío.
Los viernes, mamá y papá estaban siempre muy cansados por la semana de trabajo, aunque en ocasiones subían al piso de los vecinos de arriba, los Schneider, en la sexta planta, para tomar unas cervezas y ver alguna película.
Nosotros nos quedábamos en casa, éramos los encargados de acostar a Robbie. En aquellas ocasiones regresaban siempre contentos por la perspectiva de no tener que madrugar al día siguiente.
Así fue ese viernes.
Nos dieron besos y abrazos como si se dispusieran a dar la vuelta al mundo y se marcharon. Eso sería a eso de las ocho.
A Katinka y a mí nos bastó con una breve mirada para saber lo que el otro estaba pensando. Ambos hicimos un gesto de aprobación con la cabeza.
—¿Estás preparado, *mon cherí*? —le preguntó mi hermana a Robbie.
—*Oh là là!* —respondió él—. Pero necesito mi foca de peluche.
Sacamos del trastero la mochila grande de papá y metimos en ella todo cuanto se nos ocurrió: galletas, dos mantas, toallas, una linterna, unas tenazas, tres jerséis y, por supuesto, la foca de Robbie.

Nos pusimos nuestros pantalones de deporte y metimos a Robbie en cama.
—Te despertaremos cuando vayamos a salir —le dije.
Él cerró los ojos.
—No se os ocurra engañarme. No os olvidéis de mí.
—Cariño —le dijo Katinka—, cómo nos íbamos a olvidar de nuestro Robbie...
Yo le leí un cuento acerca de un zorro que come libros, pero Robbie estaba igual de excitado que nosotros y no conseguía conciliar el sueño. Solo cuando nos acostamos a su lado, se durmió.
Eran ya las diez y media. Nos preguntamos si habríamos olvidado algo importante y no se nos ocurrió nada.
Estábamos nerviosos, cierto. Y también teníamos un poco de miedo. Era la primera vez que salíamos solos de casa durante la noche. Y, para colmo, en secreto, para hacer algo que estaba prohibido.
Nos quedaba tiempo para echarnos atrás. Si vaciábamos las mochilas y nos poníamos nuestros pijamas, allí no habría pasado nada.
Pero eso era lo que no queríamos hacer.

A las once, mamá y papá regresaron y echaron una breve ojeada a nuestra habitación. Allí estábamos nosotros, acostados, fingiendo que dormíamos.
Nuestros padres entraron al cuarto de baño y se cepillaron los dientes. Como siempre.
Ya en su habitación, charlaron un poco. Y después se hizo el silencio.

Esperamos una hora más antes de despertar a Robbie, que se frotó los ojos un instante y de inmediato se espabiló, temblando a causa de la emoción.

El pasillo estaba a oscuras. Yo pegué el oído a la puerta del dormitorio de nuestros padres. Solo oí los ronquidos de papá. Alcé el pulgar. Katinka asintió y abrió la puerta de la calle.

Bajamos las escaleras de puntillas. Si alguien nos descubría, estábamos perdidos.

Pero nadie nos descubrió. Abrimos la pesada puerta de la entrada y, en un abrir y cerrar de ojos, estábamos fuera.

48

Fuera reinaba la noche. Una noche cálida, con algo de viento. Corrimos a escondernos detrás de unos arbustos, por si acaso algún vecino se asomaba a la ventana.

Al cabo de un rato, nos decidimos a avanzar hasta el pequeño cruce. El kiosco estaba abierto todavía. El dueño conocía bien a papá, de modo que no podíamos permitir que nos viera.

Después de dejar atrás el kiosco, actuamos como si fuese normal que tres niños dieran un paseo a esas horas. Pasamos junto a mucha gente. Algunos parecían asombrados, pero nadie nos detuvo.

Al llegar a la orilla del río, todo se volvió más inquietante. Estaba muy oscuro, solo un par de farolas iluminaban el camino. El río bajaba tan lleno que el agua salpicaba la orilla.

Nos tomamos de las manos. Yo conté historias de la escuela, para que Robbie pensara en otra cosa, pero él no sabía más que mirar al cielo y contemplar la luna. La luna era casi un disco perfecto.

—En París, las noches son frenéticas, románticas —dijo Katinka—. Se cometen delitos a orillas del río y hay muchas parejas de enamorados. Cosas así. El río se llama *Sen-n*.

Entonces vimos, de lejos, a Konrad debajo del arco. Mala cosa. A él no le parecería correcto que anduviéramos por allí a esas horas. Por eso dimos un rodeo y subimos por una escalera que nos llevó hasta la calle.

Allí se había detenido una patrulla de la policía. Al lado del coche, dos agentes hablaban con un ciclista.

Así que tuvimos que regresar al río.

Una vez abajo, nos escondimos detrás de un muro para esperar a que la zona estuviese despejada. Solo después continuamos.

Aún nos tropezamos con un par de personas que bebían sentados en la orilla.

Por fin llegamos al estadio. Todo era muy distinto a como lo conocíamos de día. Aquel lugar, casi siempre repleto de fans que esperaban la salida de los jugadores, estaba vacío. Vacío por completo.

—¿Ahí vive alguien? —preguntó Robbie.

—¿Dónde, corazón? —le preguntó a su vez Katinka.

—En la Luna.

—No...

—Pero gatos sí...
—No lo creo.
—Yo he visto uno.
—¿Desde tan lejos?
—Sí. Era de color azul.

Seguimos caminando, hablando de gatos azules, hasta que, de repente, nos encontramos delante de nuestra piscina.

La puerta grande de madera estaba cerrada, reinaba un silencio absoluto. Podíamos oír el suave rumor del agua en la piscina de los bebés.

Rodeamos el recinto hasta llegar al punto de la cerca por donde entraban los conejos. A partir de ese momento debíamos actuar con extrema cautela.

El hueco en la cerca era lo suficientemente ancho para dejar pasar un conejo, al menos si este no era demasiado gordo. Sacamos las tenazas de la mochila y ampliamos el agujero, una labor endemoniadamente difícil. Escuchamos a lo lejos los ladridos de un perro y el alarido de una sirena de la policía. También un rumor entre los arbustos, al otro lado de la cerca.

¡Lo habíamos conseguido! Katinka fue la primera en cruzar, seguida de Robbie. Yo me hice un desgarrón en la chaqueta al pasar.

Solo la luna nos vio.

49

Nos arrastramos a través de los arbustos. Encima de nosotros, en un árbol, una corneja empezó a graznar. Pero pronto todo quedó otra vez sumido en el silencio.

Nos escondimos detrás de un grueso tronco. Desde allí podíamos vigilar la casa de la morsa. Todas las ventanas permanecían oscuras. Aunque era imposible saber si la morsa estaría al acecho, en secreto. Estábamos tan excitados que yo creía oír los latidos de nuestros corazones.

Con suma cautela, nos deslizamos por el césped hasta el siguiente árbol. Una vez allí, nos ocultamos otra vez. Observamos la casa de la morsa. Debíamos contar con que alguien nos descubriera en cualquier momento.

Y así avanzamos, escabulléndonos de un árbol a otro hasta llegar al tobogán. Allí teníamos cómo cubrirnos.

—Me hago pipí —susurró Robbie.

—¿No puedes esperar un poco? —le pregunté, también en un susurro.

—No. Tiene que ser ya.

Robbie desapareció al otro lado del tobogán y orinó. En aquel silencio, lo escuchamos con nitidez. Era bastante divertido, y Katinka soltó una de sus risitas.

Seguimos a hurtadillas hasta llegar a la piscina para principiantes. La luna se reflejaba en el agua, tersa como un pétalo.

Llegados a ese punto, no había modo de ponerse a cubierto. Si alguien, en ese mismo instante, se hubiera asomado a una de las ventanas de la casa de la morsa, habría visto a tres niños deshaciéndose de sus pantalones y camisetas. Los tres llevábamos debajo nuestros bañadores.

En fin, si alguien se asomaba, sería la morsa en persona. En ese caso, debíamos contar con lo peor. Pero ni siquiera eso, lo peor, nos importaba.

¡Qué bien me sentía de repente! El aire era cálido, aunque había una ligera brisa, la luna hacía brillar el agua. Miré a Katinka y a Robbie y supe que ellos se sentían igual.

Salté desde el bordillo, con lo cual hice un poco de ruido, pero no pude evitarlo. Katinka se tiró detrás de mí. Robbie, en cambio, no. Se puso a corretear como si un perrito joven quisiera nadar a estilo libre. Todo estaba perfecto, todo estaba bien. La piscina nos pertenecía a nosotros, los hermanos Bukowski...

Jugamos al submarino, nos lanzamos agua con las manos y con la boca, hacíamos miles de bobadas. Flotábamos de espaldas y nos dejábamos arrastrar mientras mirábamos a la luna.

Llevaríamos una media hora en el agua, y hacía algo de frío. En cuanto nos dimos cuenta de que estábamos tiritando, salimos. Nos secamos y nos vestimos. Todo iba bien.

Entre las cabinas individuales había un pasillo techado con suelo de madera. Allí extendimos nuestras mantas y sacamos las galletas. Nos contamos historias en voz baja mientras Robbie continuaba mirando la luna.

Poco a poco empezábamos a sentirnos cansados. Nuestra idea era dormir hasta que aclarase. Después regresaríamos. De modo que nos acurrucamos unos contra otros, muy pegaditos. La luna brillaba muy clara, todas las aves dormían.

—¿Qué comerán los gatos lunares? —preguntó Robbie, medio en sueños.

—Luz lunar —respondió Katinka.

Por la posición en que estaba, yo no podía ver a Robbie, pero sabía que estaba sonriendo, satisfecho.

Los ojos se me cerraron.

Y entonces oímos unos pasos.

Nos levantamos a toda prisa. Bueno, Katinka y yo, porque Robbie ya dormía profundamente. Miramos desde detrás del muro, y lo que vimos nos dio mucho miedo. ¡La morsa en persona! Avanzaba por el césped, junto al tobogán, y venía pertrechada con una linterna.

—*Oh là là!* —susurró Katinka—. *Oh là là!*

—La cosa se pone fea —respondí, también muy bajito—. ¡Muy fea!

Tardamos un poco en despertar a Robbie.

—Dejadme dormir —protestó—. Quiero soñar con los gatos lunares.

—No puede ser, cariño —murmuró Katinka—. Viene la morsa...

La cara de Robbie se volvió blanca, y esta vez no por el reflejo de la luna. De nosotros tres, era el que más miedo le tenía. Por eso se incorporó y empezó a temblar.

—No te asustes, *mon cherí* —susurró Katinka—. Somos muy listos, nadie nos va a atrapar... ¡Nadie!

Robbie hizo un esfuerzo por creerla, pero seguía temblando.

Entretanto, la morsa había llegado hasta las torres de salto. Se nos aproximaba peligrosamente.

Estábamos en una trampa. Solo cabía echar a correr y ser más rápidos que la propia morsa. El haz de luz de su linterna recorrió el césped delante de nuestro escondite.

Ya estábamos preparados para salir pitando cuando Robbie señaló las cabinas.

Nadie entraba casi nunca en aquellas cabinas, porque eran muy caras. La mayoría de los bañistas se cambiaba de ropa en el césped o en las duchas.

—Están siempre cerradas con llave —susurró Katinka—. Ahí no hay nada que hacer.

Robbie negó con la cabeza.

—Ayer vi a un hombre entrar a una, sin más.

—¿A cuál? —pregunté en voz muy baja.

Robbie señaló la que se hallaba al fondo, a la izquierda.

Me deslicé hasta allí y empujé la puerta. Como por obra de un milagro, esta se abrió. Pero, por desgracia, los goznes chirriaron.

Nos dio tiempo a ver cómo el haz de luz giraba en dirección a donde estábamos. No era una buena señal.

Nos escabullimos dentro de la cabina, que estaba oscura como boca de lobo, y cerramos la puerta.

—¿Hay alguien ahí? —oímos gritar a la morsa.

Nos apretujamos detrás de la puerta y pusimos a Robbie en el medio, entre nosotros dos. Mi hermanito tenía las manos húmedas y muy calientes. La morsa tiraba de cada una de las puertas, sabíamos que pronto llegaría a la nuestra. Fue un momento horrible.

—¡Eh! —oímos gritar a la morsa—. Os he visto. ¡No os mováis!

¿Qué podía significar aquello? A fin de cuentas, no nos estábamos moviendo.

—¡Os atraparé! ¡Maldita gentuza!

Oímos el correteo, los resoplidos.

—¡No os mováis! —gritó de nuevo.

Entonces entendimos lo que estaba ocurriendo. Había otros como nosotros, gente que se había colado en la piscina. La morsa los había descubierto.

—¡Oh, oh, oh, oh, oh! —exclamó Katinka en voz muy baja, pero en la oscuridad de la cabina sonó diez veces más alto—. ¡Nos hemos salvado por un pelo!

—¿Nos hemos salvado? —preguntó Robbie—. Yo quiero irme a casa.

—Enseguida, tesoro —le respondió Katinka—. Hay que esperar un poco, hasta que el terreno esté despejado.

Oímos de nuevo los gritos de la morsa, aunque no pudimos entender lo que decía. Al cabo de un rato, todo se sumió de nuevo en el silencio. ¡Menuda suerte la nuestra!

A veces Dios se las ingenia para que no caigas en manos del director de un complejo de piscinas.

Aunque todavía no estábamos del todo a salvo.

50

En la oscuridad de aquella cabina, no sabíamos bien qué hacer. Ya no nos apetecía nada pasar allí la noche. Además, ni siquiera habíamos podido dormir. Teníamos que salir de allí. Pero ¿qué nos esperaría fuera?

¿Estaría la morsa al acecho en alguna parte? ¿O acaso se habría ido a la cama y estaría roncando a pierna suelta?

Ni idea.

Al cabo de media hora, no aguantamos más y nos atrevimos a salir. Miré el reloj. Eran las dos y media de la madrugada.

La puerta de la cabina chirrió de nuevo.

Recién salidos de la oscuridad absoluta de la cabina, el resplandor de la luna nos cegó. Su brillo se posaba sobre todas las cosas: sobre el agua, lisa como un plato; sobre el metal del tobogán; sobre el césped. El lugar parecía mágico. Robbie, con los ojos fuera de las órbitas, caminaba como un sonámbulo. Probablemente estaba viendo de nuevo a los gatos lunares. No había tiempo para eso. Teníamos que continuar.

Poco a poco nos fuimos deslizando pegados al muro hasta el campo de voleibol. Serían tan solo unos cien metros, pero a alguien con miedo de ser descubierto aquello le parecía una distancia brutal.

Las ventanas de la casa de la morsa seguían a oscuras.

Atravesamos el césped a la carrera hasta que llegamos al tobogán. Allí aguardamos. Nada se movía. Todo estaba quieto, en silencio.

Pero, mientras cruzábamos el corto trecho hasta el campo de voleibol, ocurrió. La puerta en la casa se abrió de golpe.

—¿Quién anda ahí? —gritó la morsa.

Nos escondimos detrás del grueso tronco de un árbol. Robbie se apretujó contra mí. Pude sentir su aliento cálido.

¡Qué miedo! Todavía me asombra que no nos hiciéramos pis encima.

—¡Vamos, salid! —ordenó el director, aunque era imposible que nos hubiera descubierto, ya que el haz de luz de su linterna apuntaba en otra dirección.

Despacio, sin hacer ruido, Katinka se agachó. Recogió algo del suelo, una piedra, y la arrojó en dirección a la piscina de principiantes. La piedra chocó contra algo metálico.

La morsa avanzó a grandes zancadas.

—¡Vamos, dad la cara! —gritó, al tiempo que agitaba las manos y la linterna como un estúpido.

Justo en ese momento echamos a correr. ¡Corríamos por nuestra vida!

Atravesamos la cancha de voleibol en dirección al agujero de la cerca.

Robbie fue el primero en deslizarse a través de él. Katinka lo siguió. Yo oía a la morsa a mis espaldas. Me entró un ataque de pánico, estaba empapado en sudor, y me colé por el hueco a duras penas; una vez más la chaqueta se quedó enganchada y sufrió otro desgarrón. Acababa de incorporarme cuando la morsa nos alcanzó.

Desde donde estaba, al otro lado de la valla, no podía vernos, ya que todo estaba cubierto de arbustos.
—¡Os atraparé! —resopló, jadeante, intentando arrastrarse a través del hueco en la malla.
Juro que si el asunto no hubiera sido tan peligroso me habría partido de la risa. Fue muy divertido ver a la morsa tratar de colarse por un agujero para conejos. ¡Se había quedado enganchado en la cerca!

51

Estaba allí atrapado y gemía enfurecido, incapaz de avanzar o retroceder.
Nosotros seguimos corriendo. Pasamos junto al campo de entrenamiento, doblamos la esquina y avanzamos hacia la entrada del complejo de piscinas.
Allí había un coche, uno muy caro, un Porsche Panamera. Una parejita se besaba junto al capó.
Cuando nos acercamos, nos oyeron y se giraron hacia nosotros.
Eran Lulu y su chica, ¡la típica novia de futbolista! Ambos nos miraron, perplejos.
—*Pardón, mesié Lulu!* —dijo Katinka, sin aliento—. Nos persiguen.
Lulu no nos quitaba ojo.
—*Please, help us* —supliqué.
En ese momento oímos a la morsa, que intentaba con mucho esfuerzo abrir el portón de la entrada.
Lulu nos había entendido. La chica del futbolista, también. Fue ella quien abrió la puerta del coche y nos empujó al

asiento trasero. Nosotros nos tumbamos y nos cubrimos con una manta.

Justo entonces oímos el ruido de la verja de la entrada al abrirse que tan bien conocíamos.

—Eh, oiga, ¿ha visto pasar a alguien? —oímos preguntar a la morsa.

—Mí no entender —dijo Lulu.

—Ah, es usted —dijo la morsa—. ¿Qué hace usted a estas horas delante de la piscina? ¿Acaso ha entrado?

—Vamos, esto es el colmo —protestó la típica novia de futbolista—. ¿Usted qué se ha creído?

—Bueno, solo quise decir que... —titubeó el otro—. Es que había alguien ahí dentro. Casi los atrapo, maldito sea ese gancho.

—En todo caso, no éramos nosotros. Tenemos cosas mejores que hacer. ¿Verdad, *cherí*?

—*Uí* —respondió Lulu riendo.

—Bueno, pues nada —gruñó la morsa—. Si por casualidad ven a alguien, me avisan.

—¿A quién vamos a ver en plena la noche? —replicó la chica del futbolista—. Además, ya nos íbamos.

Los dos se sentaron dentro del coche y Lulu arrancó el motor, que bramó como solo sabe hacerlo un Porsche Panamera.

Después de un minuto, más o menos, la chica del futbolista apartó la manta.

—Despejado—anunció—. Todo en orden. Yo soy Alena. ¿Y vosotros?

Nos presentamos.

—¿Erais vosotros los de la piscina? —preguntó. Y nosotros se lo contamos todo mientras Lulu conducía a través de la noche.
El futbolista a veces nos miraba por el espejo retrovisor y sonreía.
—Yo hacer una vez lo mismo —rio—. Cuando pequeño yo era. Nos colamos en la... ¿Cómo se dice? ¡En una piscina de París!
—¿Y vuestros padres? —preguntó Alena.
—Durmiendo —respondió Katinka sin quitar la vista de las uñas pintadas de rojo de Alena, ni de sus labios—. Tienes un *look* interesante —le dijo.
—¡Gracias! —respondió Alena, riendo.
¡Nos dejaron en la puerta misma de nuestro edificio! A mí todo aquello me parecía un sueño en el que todo, de repente, se ve muy distinto; como, por ejemplo, cuando uno puede volar o caminar sobre el agua.
Robbie no decía ni mu, no quitaba ojo del salpicadero del coche, que parecía la central de mando de un avión.
—Espero que consigáis entrar sin ser vistos —dijo Alena.
—Eso está hecho —le dije, aunque no estuviera en absoluto seguro.

52

Subimos las escaleras de puntillas. Teníamos miedo, por supuesto. Si nos atrapaban, íbamos a tener un disgusto enorme.
Abrí la puerta de nuestra casa. El pasillo de la entrada estaba a oscuras, y Katinka se ocupó de cerrar la puerta

a nuestras espaldas. Robbie tropezó con algo. A mí me entraron ganas de estornudar.

Conseguimos llegar a nuestra habitación. Nos quitamos de inmediato la ropa y nos metimos en nuestras camas. Apenas unos segundos después, la puerta se abrió de golpe.

—¿Qué está pasando aquí? —oímos a mamá preguntar en voz baja.

Nosotros, claro, fingimos estar durmiendo.

—Hace un momento había alguien en el pasillo.

—Era yo —respondió Robbie.

Mamá se sentó a su lado.

—¿Qué ocurre, pequeño?

—Tuve un sueño —dijo nuestro hermano.

—¡Oh! ¿Una pesadilla?

—No, soñé con gatos lunares.

—¿Y qué buscabas en el pasillo?

—A los gatos.

—Bueno, mi sonámbulo, sigue soñando. ¡Y si es en la cama, mejor!

—Sí, mamá.

Cuando nuestra madre salió, felicitamos a Robbie por la manera genial en que había solucionado aquel asunto, pero él se dio la vuelta en la cama y empezó a llorar...

—Tesoro, ¿qué ocurre? —le preguntó Katinka—. No ha sido más que una mentirijilla de nada.

—Se le llama «mentira piadosa» —le expliqué—. A veces es necesario...

Robbie sollozaba.

—¡Me da igual cómo lo llaméis!
—¿Entonces por qué lloras?
—Porque los gatos lunares están demasiado lejos. Quiero que vengan.
—No puede ser —le dijo Katinka—. Se morirían. Se resecarían demasiado.
—¿En serio? —preguntó Robbie, mirándola con asombro.
—Sí, esos gatos no pueden sobrevivir fuera de la Luna.
—Ah, no lo sabía... —Robbie se cubrió con la manta hasta el cuello y se acurrucó—. En ese caso es mejor que se queden donde están.
Unos instantes después, se quedó dormido. Lo oímos respirar tranquilamente.
También para nosotros iba siendo hora. Necesitábamos «echar un sueñecito», como solía decir papá. Pero un «sueñecito» gigante.

53

La mañana siguiente fue una mañana de sábado normal y corriente. Nos sentamos a desayunar tarde. Mamá y papá estuvieron leyendo el periódico en pijama. No se habían enterado de nada.
Katinka le hablaba a Robbie con vehemencia.
—Claro que puedes convertirte en recogedor de botellas si así lo deseas —le explicaba—. Yo, en todo caso, quiero vivir en París, ya sea trabajando como modelo o como mujer de futbolista. ¡Incluso ambas cosas! Tal vez un día hasta te invite. Aunque antes te tienes que duchar.

—Está bien —dijo Robbie mirando por la ventana.
Le habíamos dicho veinte veces que no podía decir nada acerca de la noche anterior, pero con él uno nunca sabía a qué atenerse.
—¿Dormiste bien, mi lindo sonámbulo? —le preguntó mamá.
—Puede ser —respondió Robbie—. No lo sé. Sí sé que dormí.
—¿Sabes lo que le ha dicho a Lara la señora Knöppke-Dieckmann? —preguntó Katinka.
Mamá negó con la cabeza.
—Bueno, esto fue lo que ocurrió: Lara tenía un lápiz labial en su carpeta, rojo intenso, muy llamativo.
—Ajá —asintió mamá.
—En fin, que se puso a pintarrajear con él su libreta de cálculo.
—Vaya...
—Entonces la señora Knöppke-Dieckmann se lo quitó. Yo no les quitaba ojo.
—De acuerdo. ¿Y?
—Pues que dijo que yo no debía quedarme mirando. Y yo le contesté que nadie podía prohibirme mirar, que eran mis ojos.
—Bueno —concluyó mamá—. Tal vez estuviera un poco estresada por culpa de...
—Me da igual por qué esa mujer hace o deja de hacer algo —contó Katinka.
Mama suspiró, porque Katinka era como era. Papá, en cambio, se rio. Eso irritó a mamá.

Discutieron un poco, pero después todo estuvo bien. Era sábado por la mañana, desayunábamos, nos tirábamos del pelo y luego nos reconciliábamos. Todo la mar de normal.
Lo del día anterior había sido genial. Era nuestra aventura y nuestro secreto. Era algo solo nuestro.

54

Ahora la cuestión era saber si la morsa no nos había reconocido. Si lo había hecho, lo siguiente era saber si podía probarlo. ¿Llamaría a la policía? ¿Nos haría arrestar?
Estábamos en nuestra habitación, reflexionando.
¿Era buena idea ir a la piscina? Era uno de los últimos días, había que aprovechar. Después todo habría acabado.
Además, era inteligente volver. Porque eso querría decir que teníamos la conciencia tranquila.
—Tenemos una coartada perfecta —dijo Katinka.
—¿Qué es una coartada? —preguntó Robbie.
—Significa que no pudiste hacer determinada cosa porque estabas en otro sitio.
—¿Y dónde estábamos?
—Pues en la cama. ¿Dónde si no?

Cuando llegamos a las piscinas, estábamos nerviosos, pero no podíamos dejar que se nos notara.
Como siempre, mostramos nuestras entradas, aunque a esas alturas era innecesario. Todos nos conocían.

La morsa se dirigió hacia nosotros, casi cortándonos el paso.
Yo miré hacia el suelo, donde había una pequeña piedra. Robbie miró hacia arriba, hacia los animales formados por las nubes.
Katinka miró a la morsa directamente a los ojos.
—¿Habéis perdido, por casualidad, una linterna? —preguntó el director.
—¿Una qué? —preguntó a su vez Katinka—. ¿Una linterna? ¿Aquí, en la piscina? No, ¿por qué?
Yo negué con la cabeza. Robbie también.
—Mejor para vosotros —dijo la morsa, y nos dejó pasar.

—Ese hombre piensa, es listo —dije después de que hubimos extendido nuestras toallas.
—No tanto —me contradijo Robbie—. No tiene un pelo de listo.
Entonces vimos acercarse a Johanna. Llevaba unos vaqueros rojos y una camiseta azul.
—Hola—saludó mirando a Katinka, no a mí—. ¿Qué hacéis hoy?
—Ya veremos —respondió ella.
Johanna se sentó al lado de Katinka, no a mi lado.
—Anoche hubo aquí alarma general. Otra vez entró gente. Papá estuvo a punto de atraparlos.
—Pues no lo entiendo... —disimuló mi hermana—. ¡¿Qué pretenderán colándose?!
—Bañarse, pasar un buen rato, supongo...
—¿Te apetece que nos demos un baño? —le pregunté.

Johanna y yo vimos cómo se divertían. Nadaban uno al lado de la otra y se salpicaban. Incluso se escupían agua. A mí me hubiera encantado hacer lo mismo con Johanna.

De pronto ella dijo que su bicicleta se había roto de nuevo. El guardabarros se había aflojado y traqueteaba.

—Podría echarle un vistazo —propuse.

—¿Ahora?

Asentí.

De pronto me vi en el jardín delantero de la familia de la morsa, intentando fijar el guardabarros de aquella bici. Los tornillos se habían oxidado y sudé la gota gorda. Pero en algún momento lo conseguí.

La morsa en persona pasó por allí cerca. Se limitó a mirarme de manera rara.

46

Dos días después Robbie obtuvo su medalla de bronce en presencia de mamá y papá.

Para celebrar la ocasión, salté otra vez del trampolín de diez metros.

Katinka, por su parte, nadó otros veinte largos como si tal cosa. Un hombre que había estado observándola se le acercó para preguntarle si no deseaba hacerse miembro del club de natación.

—No —respondió mi hermana—. De eso nada. Ahí una tiene que hacer siempre lo que se le antoje al entrenador. Además, necesito mi tiempo para otra cosa.

La verdad es que no me lo había propuesto, me salió sin más.

—¿En el agua? —Johanna me miró asombrada, como si le hubiese preguntado si tenía ganas de acariciar a una tarántula—. Está fría, congelada.

—Oh, a mí me parece que está buenísima.

En realidad, no tenía ningunas ganas de meterme.

—Bueno, de acuerdo —asintió—. Un ratito.

Johanna entró en su casa para ponerse el bañador.

—*Oh là là!* —exclamó Katinka, tan alto que todos pudieron oírla—. *Oh là là!* ¡Alf tiene otro *randevú*! ¡Y esta vez en el agua! *Tré elegon!*

Le di un puñetazo en el brazo, pero ella se echó a reír y se puso a hacer el pino.

El agua estaba realmente fría. Yo hice como si estuviera más que curtido y la temperatura me pareciera perfecta. Johanna nadaba a mi lado en la piscina grande. Estaba guapísima. Sus movimientos, su larga melena, su boca, toda ella era perfecta.

—Me salgo. ¡Tengo frío!

—Me gusta el agua helada —mentí—. Ojalá estuviera un poco más fría.

—Disfruta de tu congelación, entonces —dijo antes de salirse.

—No, te acompaño.

Ella me miró.

Yo estaba pensando en hallar un modo de invitarla a nuestra casa. Cuando cerraran las piscinas, no volvería a verla, por lo menos no hasta el próximo verano. Y entonces dejé de pensar y le dije, sin más:

—Ven a visitarme alguna vez. Te anotaré nuestra dirección.

—De acuerdo... —dijo ella, de un modo que no me permitía saber si se alegraba por la invitación o no. ¡No había manera de entender a aquella chica!

Cuando regresamos a nuestras toallas, allí estaban Amadou, Abdul e Issouf. ¡Los tres con Katinka! Mi hermana les estaba leyendo algo en voz alta. Robbie dormía.

—¿Qué lees? —pregunté.

Ella me miró con su típica expresión arrogante.

—Algo en francés, por supuesto. ¡Pero es mejor que no oigas!

Se trataba de un periódico deportivo francés que los tres chicos habían llevado. Katinka lo sostenía delante de sus narices y leía en voz alta, para fardar.

Cometía todo tipo de errores, y los chicos la corregían cada dos por tres. Eso la molestaba, me di cuenta de inmediato.

Me pareció bien saber que no era tan perfecta como ella pensaba.

Por otro lado, estaba orgulloso de ella, porque había aprendido francés ella sola, sin profesores, y a pesar de que no estaba obligada a hablarlo. Así era siempre: me ponía de los nervios, pero al mismo tiempo me parecía una chica genial. Las dos cosas.

De repente, los tres muchachos se levantaron y se fueron. También se llevaron el periódico.

—Qué texto tan estúpido —protestó Katinka—. Ni siquiera era buen francés. Yo puedo leer cualquier texto cuando se trata de lápices labiales o de París. ¡Pero los artículos de fútbol son una auténtica chorrada!

55

En el camino de regreso nos encontramos con Konrad. Estaba junto a la orilla del río, mirando las olas. A su lado estaba el carrito, en el que había tres o cuatro botellas. No más.

—Son muy pocas —señaló Robbie.

Konrad asintió.

—Así es, pequeño. Me temo que tendrás que pensarte muy bien lo de ser recogedor de botellas. A veces es una profesión bastante dura...

—¿Siempre has hecho lo mismo? —quiso saber Katinka.

—Qué va —respondió Konrad—. Al principio fui electricista. Luego trabajé como portero. Y en el puerto, durante un tiempo. Y de camionero. Creo que eso ya os lo conté.

Yo no sabía con certeza qué quería ser de mayor. Tal vez piloto de carreras. O bombero. O mejor aún: futbolista profesional. ¡Con Johanna como mi chica! Pero eso vino después. Por el momento, estaba el gimnasio de boxeo.

—¿Qué tal hoy en la piscina? —preguntó Konrad.

—¡Bien! —respondí.

Y era cierto, al menos para mí.

—Uff, una pesadez —se quejó Katinka.

—Hmmm —murmuró Konrad—. Bueno, chicos, tengo que irme. Debería encontrar un par de botellas más...
—¿Puedo acompañarte? —preguntó Robbie.
—No, pequeño. ¡Tú tienes que irte a casa, a la cama!
—No tardaré en venir a ayudarte.
—De acuerdo —dijo Konrad inclinándose ante nosotros—. ¡Hasta la vista, chicos! ¡A cuidarse!

En casa, a la hora de la cena, nos sentamos todos a la mesa y charlamos. Katinka seguía acalorada por lo del artículo de fútbol. Papá reía y le pasaba la mano por la cabeza. Mamá opinaba que, cuando uno estaba aprendiendo un idioma, era legítimo leer en voz alta cualquier tipo de texto, incluso los que a uno no le interesan.
—Forma parte del aprendizaje —explicó mamá—. El mundo no consiste en modas y maquillajes.
Katinka la miró con enfado.
—Pasado mañana es el último día en la piscina —les informé yo—. Después me gustaría empezar a ir al gimnasio de boxeo que está a la vuelta de la esquina.
—Lo sé, mi hombrecito —dijo papá—. He pensado que podemos ir la semana próxima para verlo.
La idea me pareció estupenda. Imaginé lo fuerte que me pondría en muy poco tiempo. Ya nadie se atrevería a fastidiarme. Tendría una musculatura bestial, y puños de acero.
—Yo quiero ir a una escuela de modelos —dijo Katinka.
Yo reí.

—¿A una qué?
—A una escuela de mo-de-los —contestó mi hermana, recalcando cada sílaba—. Eres tan corto de entendederas que ni alcanzas a imaginar de qué se trata. Son los lugares donde una aprende todo lo que ha de saber una modelo. Con eso se puede participar en un concurso que busca a la próxima *top model* alemana.
—¿De dónde has sacado tú todo eso? —preguntó, con un suspiro, nuestra madre.
—Son cosas que toda chica de mi edad sabe —respondió Katinka.
Mamá la miró como si su hija fuese un alien.
—Y también tendré que seguir practicando francés, por supuesto. ¡Todos los días! Es preciso tener una voluntad de hierro. ¡No lo olvidéis!
Dicho esto, Katinka puso una loncha de queso en su pan y nos dedicó una sonrisa. Una sonrisa muy guay. Y muy arrogante a la vez. Eso solo sabía hacerlo mi hermana Katinka.
—¿Y tú, Robbie? —preguntó mamá—. ¿Qué harás tú cuando cierre la piscina?
—No lo sé. Ya veremos. Siempre surgen cosas que hacer, constantemente.
Los cuatro lo miramos: mamá, papá, Katinka y yo. Por esas cosas queríamos tanto a nuestro Robbie, porque de pronto soltaba algo que nadie entendía bien. Y porque en ocasiones se quedaba observando, como un gato, algún punto fijo, aunque no hubiera nada que ver allí.

56 Y entonces llegó pasado mañana. El último día. De pronto hacía calor de nuevo, como si estuviéramos en pleno verano. Nos mostramos bastante solemnes cuando llegamos a la caja y enseñamos nuestras entradas gratuitas, pero la mujer nos miró con cara de aburrimiento y nos hizo señas para que pasáramos. La morsa estaba en su mesa habitual, tomando café y fumando. Nosotros la ignoramos.

—Y bien —dijo el director de las piscinas—: esto ha sido todo.

—Pues, sí —contesté yo.

—Johanna no está —anunció la morsa dedicándome una sonrisa.

¡Una *sonrisa* de la morsa! ¡¡A mí!!

En ese momento no supe qué responder. Katinka y Robbie habían seguido su camino, sin más, dejándome allí plantado.

—Sí, bueno —murmuré—. Me voy.

—Hmmm —masculló la morsa dándole una calada a su cigarrillo.

Desplegamos nuestras toallas, como siempre, y nos sentamos. Resultaba raro imaginarse que todo acabaría ese día, que la piscina no volvería a abrir hasta pasados muchos, muchos meses. Hasta mayo, para ser más exactos. El año próximo no tendríamos una entrada gratuita... No todos los días cae al agua un bebé al que podamos rescatar.

Queríamos hacer algo especial aquel día y, como no se nos ocurrió nada mejor, acordamos que yo me lanzara una vez más del trampolín de diez metros. Katinka pretendía alcanzar los mil metros a estilo libre. Y Robbie, por su parte, ansiaba llegar a hacerse cuatro largos de la piscina grande.

En la torre de salto había mucho ajetreo, una multitud de niños y adolescentes. Era la primera vez que saltaba con tantas personas de testigo. En otras ocasiones había estado lloviendo y no había casi nadie. De pronto me entró miedo y me negué a saltar.

—Primero iré a ducharme. Luego, ya veremos...

—*Oh là là!* —exclamó Katinka—. *Catastróf!* ¡*Mesié* es un cobarde!

Mi hermana conseguía sacarme de quicio.

—¡Haga el favor de mostrar un poco de coraje, *mesié*!

Robbie entrecerró los ojos.

—Está bien —dije.

Subí las escaleras. Al llegar arriba, todos me miraron, sobre todo los muchachos de mayor edad. También había allí un par de chicas. Yo me sentí pequeñito y enclenque, aunque eso cambiaría muy pronto.

¡Qué nervioso estaba, caramba! Sentí ganas de aferrarme a la barandilla, pero el sitio ya estaba ocupado, de modo que caminé hasta el borde, donde otros tres chicos miraban hacia abajo, hacia el agua. Me paré junto a ellos.

—¿Vais a saltar? —pregunté.

—Por supuesto —respondieron—. Enseguida. Es que se está muy bien aquí arriba.

Me di cuenta de que, en realidad, estaban cagados de miedo, pero no dije nada.
Desde abajo, Katinka y Robbie me hacían señas con la mano, sobre todo mi hermana. Robbie, una vez más, estaba en las nubes.
Si seguía mirando hacia abajo, no me atrevería a saltar.
Así que me dejé caer, mi cuerpo cortó el aire con un siseo, el cielo estaba muy azul, al igual que la piscina en la que me sumergí en ese momento.
Cuando abrí los ojos, todavía bajo el agua, vi de repente a Katinka y a Robbie, que buceaban a mi lado en medio del tanque de salto, reían y me saludaban con la mano.
Éramos los hermanos Bukowski, habíamos pasado un verano estupendo, con todo lo que necesita un verano.
Éramos como éramos: Robbie, Katinka y yo.
Salí del agua satisfecho: satisfecho conmigo, con la torre de salto, con la piscina, el sol y el viento.
Katinka se hizo sus mil metros; Robbie, sus cinco largos.
Mientras nadaba, era como si todo le diera igual, miraba como un animal que no piensa en nada. Cuando terminó, le entraron ganas de comer patatas fritas y helado, lo mismo que nos apetecía a mí y a Katinka.

Estábamos sentados en nuestras toallas, comiendo las patatas fritas y el helado en silencio. ¿Qué podíamos decir? Era nuestro último día, la temporada de piscina había terminado.
Observamos a la morsa, que charlaba con Adil. Vimos también a Amadou, a Abdul y a Issouf, que charlaban

con dos chicas y reían, como siempre. Vimos incluso a Thorben y a su padre. Estaban sentados delante del kiosco, comiendo unas salchichas asadas.
Solo faltaba una persona: Johanna.

Era ya hora de marcharse. Recogimos nuestras cosas. Justo al lado de la torre de salto, la morsa y sus colegas había colocado unas mesas y una gran parrilla.
«Harán una fiesta en cuanto todos se hayan marchado», pensé mientras enrollaba mi toalla.
Entonces se nos acercó Adil.
—¿Querer venir ustedes? —preguntó.
—¿Venir adónde? —pregunté yo.
—Jefe hace parrillada para el fin del verano.
Los tres lo miramos.
—Para huéspedes, que siempre aquí.
¿Sería aquello algún truco? ¿Acaso la morsa pretendía interrogarnos en torno a la historia de aquella noche?
Reflexionamos. Nos quedaba todavía un poco de tiempo. Un cuarto de hora. Aquello olía muy bien, a salchichas y chuletas.
—Aceptamos, encantados —respondió Katinka—. *Mercí bián!*

Bajo la torre de salto había un montón de gente comiendo. Casi todos tenían botellas de cerveza en las manos. Los conocíamos. Era la gente que había estado allí todo el verano, también aquellas abuelas tan majas. Nosotros éramos los únicos niños.

Podíamos comer lo que quisiéramos, y lo hicimos. Para acompañar la comida, bebimos refrescos. Nos sentamos en el bordillo de la piscina, en la que ahora no se veía a nadie nadando. El agua estaba como un plato.
De pronto, la morsa dio unos golpecitos con un cuchillo en una botella de cerveza. Todos dejaron de parlotear y miraron hacia él.
—Una vez más, se acaba la temporada de baños —empezó a decir con un tono amable que nos resultaba extraño—. Qué bien que hayan venido con tanta asiduidad, ¡a pesar de que el clima fue pésimo en algunas ocasiones!
Todos asintieron.
—Pero cuando uno está metido en el agua, eso da igual —continuó la morsa—. Uno, a fin de cuentas, ya está empapado.
Se escucharon risas.
—En fin... ¡Hasta el próximo año! —exclamó alzando su cerveza para brindar a la salud los presentes, que le devolvieron el brindis. Yo también.
El hombre que estaba a nuestro lado sostenía una salchicha asada en una mano y una cerveza y un cigarrillo en la otra. Al mismo tiempo. Katinka le observaba.
—¿Pasa algo? —preguntó el hombre.
—Presta atención, no vaya a ser que le pegues un mordisco a la botella, le des una calada a la salchicha o te tragues el cigarrillo —le respondió mi hermana.
Alguna gente se rio a carcajadas, pero a él no le hizo ninguna gracia.

Para nosotros había llegado la hora de marcharnos. Miramos una vez más a las piscinas vacías, que solo esperaban que alguien saltara a ellas.
«Vamos, venid», parecían decirnos.
Katinka y yo, con Robbie en medio, caminamos en dirección a la salida cogidos de la mano.

57

De ese modo terminó el verano. Una rara sensación nos embargó las tardes posteriores, al terminar la escuela y comprobar que no iríamos a nadar. Los dos días siguientes nos quedamos en casa sin saber qué hacer con las muchas horas intermedias entre el final de las clases y el momento de irse a la cama. Pero todo debía continuar, la vida debía continuar.
Llegó entonces el día en que fui con papá al gimnasio de boxeo. Un olor penetrante a sudor inundaba aquella nave. Un hombre con corte de pelo de boxeador vino a nuestro encuentro. Yo quería un corte de pelo así.
—Soy Hamid —se presentó, y nos estrechó la mano. A los dos—. El jefe de esto.
Papá le explicó que queríamos ver los entrenamientos.
—Sí, claro, no hay problema —dijo Hamid.
Un par de días después, papá me inscribió en el gimnasio.

En fin, podría seguir contando historias semejantes. Hablaros de Johanna, de la primera vez que vino a visitarnos a nuestra casa, de las visitas siguientes.

O de Robert, que llegaría a convertirse en mi mejor amigo.
O de mi hermana Katinka, que empezó a recibir clases particulares de francés, a pesar de que mamá y papá no tenían dinero. La profesora se llamaba Lucie y era una francesa auténtica.
También podría hablaros de Robbie, de sus inicios como recogedor de botellas en las calles. O de su accidente de bicicleta, provocado por la dichosa manía de mi hermano de estar siempre mirando al cielo. Desde entonces, todos en casa usamos casco.

En fin, son muchas cosas las que pasan, y pasan constantemente.
Por suerte.

HE AQUÍ UNA BREVE LISTA DE COSAS ESTUPENDAS RELACIONADAS CON LA PISCINA AL AIRE LIBRE:

≈ Llegar bien temprano por las mañanas, cuando está vacía. No hay nadie bañándose, el agua está como un plato.

≈ Tirarse de bomba y salpicar de lo lindo.

≈ Los pájaros que encuentran una patata frita y salen volando con ella en el pico.

≈ Caminar descalzo por la suave hierba. O por la hierba húmeda.

≈ El reflejo del sol en el agua. O en el fondo de las piscinas, cuando traza unos dibujos centelleantes.

≈ Acostarse en el bordillo y cerrar los ojos. Se escucha el chapoteo del agua y las conversaciones de la gente.

≈ Sentir esa pesantez y ese cansancio que te invaden tras un buen baño.

≈ El kiosco, con sus gominolas a diez céntimos. Y el kétchup y la mayonesa gratis con las patatas fritas.

≈ El tobogán, su brillo bajo la lluvia.

≈ Una ducha después de haber nadado en el agua helada.

≈ El viento cálido que seca la piel.

≈ El olor del cloro en la piel.

≈ La luz del atardecer cuando vas camino de casa.

Próximamente

SUR

Marianne Kaurin

Vegueta simboliza el oasis cultural que florece en el cruce de caminos. Con el pie en África, la cabeza en Europa y el corazón en Latinoamérica, el barrio fundacional de Las Palmas de Gran Canaria ha sido un punto de llegada y partida y muestra una diversidad atípica por la influencia de tres continentes, el intercambio de conocimiento, la tolerancia y la riqueza cultural de las ciudades que miran hacia el horizonte. Desde la editorial deseamos ahondar en los valores del barrio que nos da el nombre, impulsar el conocimiento, la tolerancia y la diversidad poniendo una pequeña gota en el océano de la literatura y del saber.